U0070113

ENZOFF 恩索夫

Chazel著

目次

第一章　冒險者

當蒸氣驅動的鐵皮巨獸沿著鐵軌繞過曾是巨大樹叢的林地後，日落之處的迷霧便逐漸散去，在沃爾瓦大陸生活不下去的窮苦百姓與窮凶惡極的罪犯，因為各種各樣理由離開家鄉溫暖懷抱的可憐人家，享受冒險、刺激與鮮血的貴族紈褲子弟……許許多多懷抱理想的人們紛紛背起行囊，踩著破爛步靴往更西方移動。

西方如此美好，廣闊的土地、自由的空氣與從未見過的沙漠景致是為眾人嚮往之鑰，驅動沉重身體，開展美好想望，而源源不絕的慾望泉源，則是仍存留著古老魔法力量的礦石，深藏在沙漠之中，保存火與水，灌注生誕與死滅，神奇的能量全藏在石頭之中。

早就沒有人能恣意使用那種古老的魔力了，在魔女消失後的這兩百年間發生了太多出乎意料的插曲，機械帶來改變，讓人們得以更進一步的探索這片土地，草木枯黃，土壤失去生機，同時，更多或大或小的混亂也因此應運而生。

或許終有一天，這座大陸會淪落成為寸草不生之域，可無論如何，今晚值得大肆慶祝。

聽說遙遠的東方王城所核發下來的開採許可，終於越過科層組織下的重重層級與關卡，來到日落之處這座偏遠城鎮，雖然還沒從鎮上的保安官那裡得到直接證實，但已足以敲破酒鄉街每一桶橡木桶，挖開每一枚軟木塞，將各色酒水汁液灌進喉嚨深處，痛飲直至天明。

這附近可是蘊藏燃燒能量的火燒岩礦啊！可以運用的範圍實在太廣太廣，誰掌握了火藥庫，誰在此處便可雄踞一方。

而甜蜜酒鎮等這張核准等了整整八年又兩個月零三天。

第一批聚集於此的探險者與拓荒者們老早倒在冰冷的河床旁或及腰芒草裡頭，屍骨化為野獸食糧與泥地養分，第二批先驅們也早已失去幹勁，放下手中武器，隨便選間小屋賣賣雜貨做做生意，打算如此終老一生。

但今夜之後，一切便不一樣了。無論是潦倒無依抑或貴族子弟，全陷進了狂熱之中，哭婦村、萊特斯母樹、小谷、黑木水旁……在甜蜜酒鎮之前的每個聚落全都塞滿了躍躍欲試的冒險者，只有最晚抵達的人們尋無居所時，才會來到位處路線盡頭的此地，這裡離最近的鐵路車站已將近三十公里，但沒有人特別在意，酒鄉街後頭早停滿各類交通工具，鬣蜥蜴自己一區，鈍齒狼一區，短毛馬跟長毛馬關在一塊，犀牛野牛等巨大生物則在圍籬最邊陲地區瘋狂吃著乾草，為接下來的挑戰儲備精力。

日落之處的火燒岩礦量多，大把大把金銀礦石近在咫尺，一得到許可，愛怎麼採就怎麼採，不必偷偷摸摸，不怕資金欠缺，甚至會有王城那兒派來的兵士開道，多走些路也不會是什麼大不了的事情。

而幾個小時後，新時代即將來臨。

冒險者們的新時代。

「所以啊——開心點蒂蕊，來，多喝點酒。」戴帽的男人蓬頭垢面，雙眼咕溜溜左右打轉，灰黑鬚髮糾結，幾乎佔去了大部分的面孔，身前小桌上擺了好幾個酒杯與酒瓶，他一杯一杯斟滿，再一杯一杯吞下肚。

被喚作蒂蕊的孩子約莫十初歲，雙手捧著鹿角帽，面無表情躲在分叉繁複的犄角後，像個精緻陶瓷娃娃，絲毫不打算理會身旁的無聊大叔，大叔倒也不以為意，逕自將裝滿淡褐色酒水的小杯推至蒂蕊面前，自己以口對瓶，咕咚咕咚的喝。

他們下午剛到，比房子還大的灰色獨角巨犀身上掛滿雜物、武器與採礦工具，活像間行動雜貨店，只差沒賣起熱食和提供酒水，趁勢大賺一筆。男人與蒂蕊懶得替牠卸下裝備，隨意將牠安頓在路邊，推開藍琥珀酒吧木門，尋找空位坐下。

酒吧裡如預期地擠滿了人客，大叔壓低帽緣，挑了最邊緣的陰暗角落，靠近後門出入口，他又叫了幾杯烈酒，同時來回數數，包括兼做酒保的老闆，店內一共四十三人，大多數是黑髮的傢伙，和他一樣來自東方，一個皮膚白皙的長髮女人特別顯眼，除此之外，還有五個披著獸頭作為頭頂裝飾的年輕人，大概是某個來自叢林或北方丘陵的少數民族，看來和靠近門口吧台的壯漢關係不錯，沒錯的話，應該一塊行動的團體組織。

開採火燒岩礦的確不適合單槍匹馬的流浪槍客，雖然每位冒險者身上都會攜帶幾顆火燒岩晶石以備不時之需，使用槍械做為武器的人甚至會將此做為火藥與炸彈的替代品，可時至今日仍然還沒發明出能夠迅速挖去硬石砂土、只留下需要之物的機械或工具，必須得靠眾人分工合力，一筐一簍將無用廢土清出洞口。

為何不直接炸開就好？

若是其他礦石，炸藥當然是首選，可火燒岩礦不太一樣，有時只要稍微破損，便會引發大小不一的爆炸，一不小心在礦坑裡產生連鎖反應，後果不堪設想，不僅賠上開採者性命，嚴重時甚至必須放棄以噸為計量單位的火燒岩礦，牽連重大，對視錢如命的冒險者來說，可是比人命更大的損失。

為了解決這個問題，同時阻止居心不良的冒險者們胡亂盜採，王城和來自沃爾瓦大陸各處的軍業商號合作，採核發開採許可制，需透過取得許可的商號舉辦招募大會，延攬有智慧與才能、勇氣的冒險者們一同前往礦區。

如果沒有意外，眾人期盼的招募大會將在幾個小時後隆重登場。

如果沒有意外的話。

「來！」門邊壯漢忽地扯開嗓門，高舉玻璃杯灑濺酒水，嚇了許多客人一跳，「今天晚上的酒，全部由我波里克請客！預祝大家採礦順利！大家暢快喝啊！」

無數目光聚攏在他身上，冒險者們似乎早已熟知壯漢的行事作風，報以熱烈歡呼，杯瓶碰撞聲四起。

「感謝波里克大哥，我敬你！」

「謝謝波里克大哥！」

「嘿！說那什麼話，以後挖到好礦，我把整條酒鄉街給買下來！」

「來來來！喝酒！把所有的酒給喝光！」

「波里克大哥就是豪邁！」

「喝！喝！喝！喝！喝！」

室內煙霧迷漫，充塞豪爽笑鬧起鬨與高談闊論，位處角落的大叔又灌了幾口烈酒，搖搖晃晃起身，胡亂拍拍蒂蕊頭頂，被用力撥開後，左推右擠，硬是塞到吧台旁，伸手招呼酒保。

「老闆，可以再給我一瓶癬舌嗎？」

「好的好的，麻煩請稍等一……」

哐啷幾聲，大叔沒仔細算，刺耳聲響大概在耳道內翻滾了兩次，也有可能三次，不遠處波里克的啤酒杯落地，碎成片片玻璃花，喧鬧嘈雜轉瞬化為充耳寂靜。

酒吧門口處多了兩位金髮男子及一大群腰脊微彎的侍從，除髮型外，他們倆裝扮與容貌極為相似，同一個模子刻出來似的。這倒是眾人始料未及之事，來自王城的公子哥兒，惱人的安薩里兄弟。

「惱人」一詞是蜷縮他們背後陰暗處的低語咒罵，大多數長眼的冒險者仍會尊敬地稱呼他們為「華麗的腓特」與「高貴的霍特」，畢竟是東方王城的貴族子弟，有權有勢，出手闊綽，只有笨蛋才會擋自己的財路，斷自己生路。

「哎呀，你這老粗的便宜爛酒弄髒了我的靴子，該怎麼賠我啊？」

「真可憐，怎麼會這樣不長眼，我們可是貴族啊，會說話吧？知道禮儀吧？對不起幾個字會說吧？」

「哎呀，別苛求人家，說不定他連自己的爸爸姓什麼都不會拼……啊，這樣說就傷感情了，有可能他是孤兒，沒有爸爸教他識字。」

「那可真糟糕啊，看來是我太高估他了。」

你一言我一句，兩人乾癟雙唇不曾闔上，輕蔑鼻息既臭又髒，惡意迴盪在酒吧之中，許多人面紅耳赤，雙拳緊握，怒聲梗在胸口，但礙於種種顧慮，遲遲沒有人做出明確反應，波里克則低頭看著掌中酒杯把手，斷面光滑，明顯是利刃切割所致。

不刻意隱藏，腓特金邊袖口處的劍尖泛著藍光，隨主人的輕浮動作來回晃動，「怎樣？有什麼意見嗎？」

波里克沒有開口，額間紋如沙浪，玻璃握把猛力朝空中一甩，短槍出套，對著天花板就是一發疾射，瞬間玻璃碎屑飛濺，如閃亮煙花灑落眾人肩頭。

「你這混蛋……」

「啊！原來是我們親愛的安薩里兄弟啊！好久不見！」

劍拔弩張迅速轉為眾人錯愕，原先擠在人群中的鬍鬚大叔不知何時繞過重重人牆阻礙，塞進兩方人馬中間，另一側手握布巾的老闆更是滿臉疑惑，望向手裡憑空出現的羊皮紙，上頭密密麻麻寫滿墨黑文字。

「你是……？」

「忘了自我介紹，小弟叫做恩索夫，你們可能不認識，但是諸位的大名可是響徹雲霄，如果要聽完你們在日落之處的英勇事跡，小弟我的耳朵真要長出厚繭來啦！您說是不，波里克大哥？」

波里克仍高舉短槍，緊皺眉頭，低頭瞪著眼前油腔滑調的老傢伙，恩索夫不等他應答，擺頭繼續說道：「明天是重要的日子，我想大家都明白，不想把氣氛給弄砸……」

「做錯事的可不是我們啊！你要搞清楚這點！」站在腓特後方的孿生兄弟插嘴，明顯聰明一些，恩索夫點了點頭，雙臂舉起，架在兩方之間。

「好好好——我想兩邊一定都覺得是對方的錯，所以，我們用一個最公平的方式來解決爭議，不知諸位大人意下如何？」

「什麼方式？」

波里克終於吐出語句，短槍收至身側，恩索夫則打了個響指，出聲喚道：「蒂蕊！」

哐啷哐啷哐啷哐啷——所有冒險者聞聲扭頭，頭戴鹿角帽的標緻小孩自圍觀群眾腳邊竄出，跳上店內中央大桌，俐落將杯盤全數掃落地面，鋪上黑色桌巾，接著從背袋中撈出五把外觀相同的銀色手槍。

「在遊戲開始之前，可以先麻煩老闆在那張紙上簽名嗎？算是場地暫時租賃，之後有任何問題，由我恩索夫全權負責。」

「……哦？」眾人目光聚集老闆流了身汗，支支吾吾，勉為其難在契約書簽上姓名。確認完老闆簽名，恩索夫親切微笑，引導波里克三人來到大桌旁，一人一邊，自己則填補了空缺的位置。

「接下來我會講解規則，切記，接下來的活動，各位可以當作是一場博奕遊戲，勝者全拿，而敗者願賭服輸，可接受嗎？」

「為什麼我們非得接受這種無意義的遊戲？我可從沒聽過貴族需要跟你們這些低賤……」位於恩索夫左側，雙手抱胸的腓特忽然噤聲，抬眼猛瞪，無數管黑洞洞槍口指著他們兄弟倆與身後侍從，波里克的手下們早就等得不耐煩，只老大一聲令下。

「繼續。」波里克喉音低沉，這可是痛打貴族的一大良機。

恩索夫的眼珠仍然咕嚕嚕轉動，抓抓蓬亂鬍鬚，露出不相襯的潔白牙齒，「這個遊戲的名稱啊，叫做『槍輪』。」

「……槍輪？」

「槍輪啥啊？沒聽過啊？那什麼鬼？」

「別出來亂啊！你誰啊！」

「欸？」

「波里克大哥，小心有詐啊！」

「為什麼不用擲骰子或撲克牌之類的就好，一定要搞得這麼複雜？」

身著骯髒黑斗篷、面帶邪惡笑容的邋遢大叔，以及頭戴稀有鹿角帽、準備賭具時異常專業的白淨孩子，雖暫時阻止了以波里克為首的冒險者們與東方王城貴族安薩里兄弟發生衝突，卻使眾人再度感到疑惑，大多數人不太能理解恩索夫的做法，大桌之外的觀眾們紛紛交頭接耳，出聲質疑。

「哎呀呀呀——請各位稍安勿躁。」似乎早料到會出現如此情況，恩索夫從容舉起雙手，安撫眾人情緒，「我先澄清一下，本人恩索夫雖沒有響亮的名氣，也沒有值得歌頌的高潔品格，愛喝酒起鬨，只是個為了享受短暫勝利而熱愛賭博、名不見經傳的小小人物，但是啊，現在用簡單的遊戲來解決紛爭，難道不是最好的方法？」

「還是說，各位想要好好幹上一架，斷腿斷手兩敗俱傷，然後在明早天亮時的招募大會上，一臉無奈看著別人被選入開採團隊？或是不小心弄傷了我們敬愛的貴族大人，然後害其他冒險者被連累，莫名其妙把命都給賠上？」

「再說啦，我還沒開始講解，這個遊戲也是有風險的，不只公平、公正、公開，也正好可以讓雙方紓解怒氣，不是很好嗎？」

「你就開始講規則吧，骯髒大叔！」霍特搶在眾人回答之前插嘴，明顯不想再浪費更多時間在和其他冒險者溝通這件事上，「我們兄弟跟那個不長眼的如果都同意，其他人沒啥立場說什麼吧？」

「更何況他們只是些下賤的人，意見再多也不算是意見。」腓特補充，絲毫不理會冒險者們的憤怒起鬨，另一側的波里克沒說什麼，僅只點頭示意，不在乎身後手下們的窸窸窣窣。

「好！那就是我們四個都同意參加賭局！小弟我現在開始講解規則！」清清喉頭，恩索夫拉高音量。

「槍輪，顧名思義，使用槍作為道具的輪盤遊戲。除了你們三個人以外，小弟恩索夫我也會加入遊戲，因為安薩里大人們一定會站在同一邊，如此一來二對一，對波里克大哥比較不利，我們講求公平，也希望能讓所有人服氣，以此為基礎，一起來解決這次的紛爭，對吧？」

恩索夫邊說邊動作，將桌上五把手槍的彈巢退出，平放於桌面，「參加者有四個人，因此總共會有四加一把——五把槍，這些槍是特製的賭具，每個彈巢只有四個填彈空間，而遊戲開始時一共會有五顆子彈，隨機分配在五個彈巢之中，也就是說，中彈機率是四分之一。」

「給我等等，每把槍中都會有子彈嗎？」

「不一定，這就是有趣的地方。有可能一把槍裡會有三顆子彈，也有可能一顆也沒有。」恩索夫頓了頓，雙眼來回游移，「接下來會請蒂蕊將子彈隨機填裝進槍中，而遊戲開始後，我們順時鐘輪流進行三個動作——」

「哪三個動作啊？」

「選一把槍檢視彈巢、決定是否將子彈取出並裝入另一把槍中，當然，你也可以只檢視彈巢、以及最後最後，在所有人完成前兩次動作後，依序選擇對手扣下扳機。」

「太複雜啦！解釋的簡單一點可以嗎？」腓特開口抱怨，刀尖自袖口稍稍滑出，像極了陰險的蛇信。

恩索夫倒也不害怕，歪頭想了想，自斗篷內掏出張白紙，抵著桌緣迅速寫上一串黑色斗大字體。

一、自由選擇一把槍。

二、選擇取出彈巢內子彈並裝入另外一把槍中。

（也可以只檢視彈巢不取出子彈）

三、所有人都做完前兩次動作後，依序選擇槍枝朝另一位玩家射擊。

「這樣清楚嗎？」語畢，恩索夫將白紙高高舉起，黏貼在蒂蕊自背袋取出並組裝好的長木條之上，確保眾人都能看清楚規則。

「兩次動作是指選槍跟拿子彈嗎？」

「沒錯，當第一回合所有人都做完這兩個動作後，第二回合才可以開始扣扳機喔！」

「就是第一回四個人都輪過之後才可以開槍扣扳機的意思啦！」

「沒錯沒錯。」

語畢，恩索夫打了個響指，蒂蕊隨即將桌巾掀起，迅速包裹槍械，雙手在黑布下來回擺弄，連續一陣機械碰撞聲後攤開，回復原先擺設的模樣，唯一不同的是，每把槍都貼上了不同的數字編號。

一號到五號槍一字排開，彈巢緊扣密合，槍口全朝向恩索夫。

「子彈已經隨機裝入這幾把槍中，請大家別懷疑蒂蕊的專業以及是否會有作弊的問題，小弟我只有在小賭時會這麼做，現在是正式且神聖、連王城貴族大人們都參與其中的賭局，若是膽敢作弊，隨時歡迎各位開槍射殺本人。」

「要強調幾次？還不趕快開始？」霍特不耐煩催促，癟起嘴唇，雙臂緊抱胸膛。

「好的，好的，馬上開始，那由我先，示範給大家看，」恩索夫稍稍點頭致歉，邊說邊拿起一號槍，退出彈巢，接著取出銀亮亮的錐形手槍子彈，「我決定拿出一號槍的子彈，放入另一把槍中。」

「然後我選五號——這個階段有趣的地方，就是在自己的回合，只有自己知道哪兩把槍中有幾顆子彈。也就是說，我不會告訴你們一號槍裡還剩幾顆子彈，也不會把五號槍裡頭的子彈數量洩漏給別人。」

恩索夫將子彈塞入五號槍後，輕輕放回桌面，「兩個動作結束，接下來，貴族優先，所以順時針進行，請我們華麗的腓特安薩里大人開始選擇。」

腓特沒有多想，擺頭示意隨從代勞，卻馬上遭恩索夫伸手制止。

「什麼意思？」

「請腓特大人親自動作。」

「為什麼？」

「畢竟是正式的賭局，大人您親自動手，眾人才會信服吧？」

「嘖……」稍微想了想，腓特心不甘情不願戴上絲質潔白手套，選了第二把槍，或許是不常接觸槍械，他多花了些時間拿出子彈，裝入三號槍中。

「腓特大人做得很棒，那勞煩下一位，我們高貴的霍特安薩里大人開始動作。」

「臭大叔你話太多了。」霍特思考了好一陣子，同樣戴上手套，選擇三號槍，取出子彈，放進五號槍的彈巢內。

「喔？看來大家都很喜歡五號槍。那接下來……」

「換我。我知道。」

輪到波里克，或許是不想選其他人選過的槍，四號槍在他的巨掌中如同玩具一般，只見他用大拇指彈出彈巢，悶哼幾聲，「這把沒有子彈。」

「稍早有說過，這也是有可能發生的，畢竟是隨機填裝，有可能一把槍裡三、四顆子彈，也有可能槍內空空如也，」咧嘴，恩索夫的笑容不懷好意，「什麼情況都會發生。」

「好吧。」

波里克緊皺眉頭，將四號槍扔回桌面，零星噓聲自後方爆出，恩索夫不以為意，伸出雙手，迅速將槍械擺正。

「那接下來，就進到下個階段，也就是選擇槍枝與扣扳機的階段。」

「這是這個遊戲最刺激的部分，但是，」恩索夫仍維持著一貫輕鬆，聲音低啞卻嘹亮，「為了避免傷及無辜，希望各位觀眾稍稍向後退一些，我知道空間可能有點窄，但請諸位大德見諒。」

「很擠啊！後面沒位置啦！」

「我們在外面多少年了，什麼都見過啦！」

「區區子彈而已，沒啥好怕的！」

「快點啦，別拖時間！」

「聽不懂嗎？就跟你說過別浪費時間在他們身上。」腓特皺眉噘嘴，滿臉嫌惡的提醒恩索夫，恩索夫笑了笑，點頭應答。

「好，既然如此，那一樣由我先來——」話音未落，恩索夫抓起五號槍，對著正前方的霍特安薩里扣下扳機。

轟。

第二章 執法者

今夜不得片刻安寧。

礦石開採核准的消息不知從何處走漏，早就在日落之處這條偏僻路線傳得沸沸揚揚，冒險者們如蝗蟲般蜂擁而至，打算在所有屋簷下打滿地鋪，吃光全部的馬鈴薯泥，喝光一切酒水庫存。全都為了那紅通通亮閃閃的火燒岩礦石。未取得開採許可的軍業商號、來自北方丘陵與大港尼爾的各個武器行以及軍火商們，在聽聞消息後用盡全力開出高價，試圖搶在同業之前大量收購，日落之處北方車站的武器行甚至開價一公斤七千金幣，足以養活冒險者一年半載的天文數字。

因此即便是位處此路線尾端的甜蜜酒鎮，核可公文才剛熱騰騰交到鎮長手中，保安官辦公室加蓋的特製牢房裡便關押了好幾位鬧事的醉漢與犯罪者，樹多必有枯枝，艾斯艾爾眉頭深鎖，將可憐兮兮的乾瘦傢伙扔進生鏽欄杆後，俐落扣緊鎖頭，躺回硬梆梆的辦公椅上。

「今晚就麻煩你了。」鎮長離開前這樣說道，頭也不回搭上馬車前往他華美舒適的大宅邸，沒入夜色之中，除了幾年前忽然失蹤的富豪所留下的豪宅，鎮長官邸大概是甜蜜酒鎮第二高級的建物了，整整比其他磚瓦矮房高出數尺，還有個與周遭景色全然不搭的偌大專屬花園，自從艾斯艾爾擔任保安官至今，鎮長官邸出乎意料還沒被匪徒入侵過，十一個月又十四天，破了有史以來的最長紀錄，反倒是令他有些沾沾自喜。

「哪一次不是麻煩我呢？」艾斯艾爾低聲碎唸，稍稍閉目養神。

早是該熄燈上床的時段，沒想到外頭每條街道燈火通明，尤其是酒鄉街周遭，喧嘩打鬧聲不斷，每個長途跋涉來到此地的傢伙彷彿全都忘卻疲勞，一頭栽進酒桶之中，高聲歌頌著明日的招募大會。

身為甜蜜酒鎮的治安官，艾斯艾爾雖早就從鎮長那聽聞一些關於「採礦團勇者招募大會」的籌備工作，可這次承包的是個名不見經傳的新商號，叫什麼南方之心兵業的，鎮長也是一頭霧水，負責接洽的人員沒來過幾次，明顯粗製濫造的舞台反而迅速在廣場那兒搭建了起來，還掛上一大條滿是補釘的破爛紅布，像從駝獸裝備身上扯下來似的。

雖說裝飾與排場並不是重點，但連塊像樣且正式的布條都準備不來，真的有能力開採火燒岩礦石嗎？

「感覺不怎麼靠得住啊……」艾斯艾爾長嘆一聲，起身，粗黑短棍在手，腰間鐵鍊噹噹作響，準備開始今夜第十一次例行巡視。

前幾個副保安官與執法人員任職時間都相當短暫，僅上班兩天便大喊吃不消、隔夜拎著包袱逃離這座城鎮的可憐蟲大有所在，艾斯艾爾擔任保安官的這些時日以來從沒有一個手下因公殉職，不過——

「這兒治安不好歸不好，但更可怕的是長官，想不開才會留下。」

這句話是某個離職的副保安官說的，艾斯艾爾還記得自己那時連續三十六小時沒睡，一口氣將超過五十人的強盜集團一網打盡，全送上處刑台與更南方一些的大型監獄。

無所謂，別鬧出大事就好了。艾斯艾爾這麼想著，跨過幾個醉得不成人樣的爛泥，順手打暈兩個撩起袖子準備對決的醉漢，拖至路邊躺好，避免被駝獸給踏斷腿骨。

除了治安問題，現階段還有更棘手的事。

開採許可的消息傳得快又遠，老早鑽進了王城那些貴族們耳道裡，雖然艾斯艾爾打從心裡排斥那些自認高人一等的傢伙，但沒辦法，東方王城的政治命脈掌控在他們手裡，腦筋轉得快的早就緊抓他們大腿不放，誰會想跟他們作對啊？甚至連艾斯艾爾在甜蜜酒鎮的職位，多少也是因為自己家族跟他們關係不錯，當初才能如此順利……

艾斯艾爾搖搖頭，繼續踏步前行。這幾日街上開始出現裝飾華美的交通工具與穿著統一服裝、低聲下氣的侍從們，除了維持秩序，確保王城貴族安全無虞成為各地保安官的第一要務，這條不成文的規定通用於整座沃爾瓦大陸與日落之處，責任感使然，他無時無刻戰戰兢兢，夜不成眠。

無奈歸無奈，畢竟這是工作，可不能輕易放下。

他轉過彎，踏入酒鄉街泥濘中，沒有招牌的藍琥珀酒吧前停了兩輛醒目大轎，人力扛運的那種，上頭雕飾無數隻猙獰巨鳥，金光閃閃，無論到哪裡都是最引人注目的樣式。

「又是王城……」如果記得沒錯，大概是惱人的安薩里兄弟，或是癡呆的馬格之類的，他不確定，大概接獲了上百次貴族即將到訪的通知，正式或非正式的都不在少數，但真正履約的，十根手指頭都能數得出來。

這倒不打緊，還在艾斯艾爾可以接受的範圍，包括遲到三五天或夜裡偷跑上街等情事，只要貴族們高興，諸多困擾對他來說都是無關緊要的小事，但他總覺眼前情況有些不同，有哪裡不對勁。執法者的直覺。

豎起耳朵，繞過大轎，酒吧門口站了些侍從，裡頭窸窸窣窣，三四十人或是屏氣或是低聲竊竊私語，聽不清對話內容。

「請問一下，裡面發生什麼事？」艾斯艾爾開口問道。

「咦！保……保安官大人！」

「沒事，不要緊張，我只是問問。」

「好……那個，安、安薩里大人們正在進行博奕遊戲。」

「博弈？」字詞含在艾斯艾爾口裡，貴族參與博弈沒什麼大不了的，但氛圍如此奇怪的博弈，他倒是第一次見過。

「是的，博奕遊戲，就是賭……」似乎深怕艾斯艾爾不懂這四字的意思，門口侍從打算繼續往下說，隨即遭艾斯艾爾抬手制止。

「我知道那是什麼。」

「那保安官大……」

「安薩里兄弟怎麼會跟其他人賭博？」

「是，是這樣的，保安官大人，稍早安薩里大人們打算進入這間酒吧喝點小酒，但剛踏進門口就遇到自稱波里克的野蠻冒險者擋在面前，不讓安薩里大人們通過……」

艾斯艾爾深知貴族的奴僕們在幼年時便被訓練成為忠心耿耿的狗，因此他們說的話總是非常偏袒主人，但他沒多表示什麼，示意對方繼續。

「波里克不僅不讓安薩里大人們通過，甚至將酒杯扔上空中，並對著杯子開槍，試圖製造混亂來恐嚇安薩里大人們，可是我們的安薩里大人不為所動，試圖以武力使對方認錯道歉。」

「那怎麼會變成博奕遊戲？」

「因為這個時候忽然跑出了另一個人，一個自稱恩索夫的骯髒大叔，他說避免大家做無意義的爭鬥，所以願意主持這個遊戲，遊戲名稱叫做槍輪，他也說不只能夠解決紛爭，還可以讓安薩里大人發洩不滿的情緒，而且波里克也會欣然接受。」

「波里克也會接受？」

「是的，保安官大人，他是這麼說的……」

不祥的預感隱隱自艾斯艾爾心底升起，他從沒聽過有遊戲叫做槍輪，更不認為有什麼方法能同時讓日落之處的冒險者和王城貴族接受，而且還是滿意的接受。

艾斯艾爾沒有多想，抬手示意隨從們讓道，打算側身進入酒吧，站在後方隨從們一個接一個傳訊下去，每個人後退挪出空間，開出一條小道讓他通過，推門進入酒吧。

酒吧裡其他人圍著店中央的大桌，艾斯艾爾邊移動邊算，扣除安薩里兄弟的隨從，大多是黑髮垢面的冒險者，五位披著獸頭皮毛的年輕小夥子以及一位皮膚白得不像樣的長髮女性在人群中特別顯眼，最接近中央大桌四個邊的除了安薩里兄弟外，還站了另外兩人，抱胸嚴肅的高壯男人，以及滿臉鬍髮的黑斗篷大叔。

波里克與恩索夫？若依照隨從的說詞判斷，粗獷壯漢大概是最先鬧事的波里克，而賊頭賊腦的恩索夫則是負責出餿主意的傢伙。他不確定，但依過往經驗法則，八九不離十。

艾斯艾爾又湊近一些，安薩里兄弟的顯眼金髮在微弱吊燈下光彩熠熠，桌上排了五把槍，槍口全朝著喋喋不休的恩索夫，只見波里克將銀亮短槍扔回桌面，身後隨即爆出噓聲，恩索夫則不為所動，迅速將槍械擺正，挺直腰桿，歪嘴邪笑，「這也是有可能發生的，畢竟是隨機填裝，也有可能一把槍有三、四顆子彈，也有可能槍內空空如也，什麼情況都會發生。」

「好吧。」

波里克低聲咕噥，恩索夫再度自顧自說起話來，「那接下來，就進到下個階段，也就是選擇槍枝與扣扳機的階段。」

「這是這個遊戲最刺激的部分，但是，為了避免傷及無辜，希望各位觀眾稍稍向後退一些，我知道空間可能有點窄，但請諸位大德見諒。」

「後面沒位置啦！」

「區區子彈而已，沒啥好怕的！」

「快點啦，別拖時間！」

眾人開始鼓譟，要求恩索夫進到下一個步驟，雖感覺不大對勁，但沒有傷亡發生之前，艾斯艾爾仍沉住氣，必須看接下來會如何發展，才能決定他該不該出手執法。

「好，既然如此，那一樣由我先來——」

轟。

火花迸發，煙硝逸散。

出手時機過於突然，艾斯艾爾沒看清楚恩索夫的一連串動作，可他的身體已先動了起來，雙腿大步邁開，腰際鐵鍊激射而出，擊打在恩索夫的腕上，但仍舊來不及，火藥粉屑噴發如雨，濺撒在藍琥珀酒吧的每個角落，霍特安薩里眉心開了個血紅大洞，向後摔進侍從懷中。

帶著鹿角帽的小孩從一旁死角竄出，擋在艾斯艾爾前方，抓起桌上手槍預備射擊。但艾斯艾爾出手更快更猛，一棍架翻小女孩，右腳踏地，左手挾帶鍊條揚起，纏上開槍的恩索夫，接著牢牢捆綁，將他壓制在地。

「你在做什麼！」

艾斯艾爾大吼出聲，此時眾冒險者們才反應過來，開始四處竄逃，驚慌失措，杯盤桌椅在同一時刻飛散，所有人推開一切阻礙，試圖從窗口或任何有開洞的地方離開，安薩里兄弟的侍從們一擁而上，阻擋逃跑者去路，同時趕緊將過度驚嚇的腓特安薩里帶離現場，試著想辦法處理霍特的傷勢。

可惜子彈噴發出的能量拖著血肉與腦漿，自後腦杓破開一個巨大缺口，混雜金色髮絲，軟體與組織四溢，沒有人救得了他。

而地上的恩索夫雖動彈不得，茂密鬚髮掩不住笑意，艾斯艾爾彎腰補上一拐，迅速起身，一棍一個，將抱頭鼠竄的眾人一一撂倒在地。

一個、兩個、三個，以及下一個目標波里克。

波里克緩步後退，右前臂肌肉如盾，適時擋在臉頰之前，擋下艾斯艾爾的猛擊，左手搔了搔頭，「喔？保安官？」

「廢話少說。」艾斯艾爾繼續揮打，雙腿使力高高躍起，鐵棍重捶，可波里克左拳忽然自斜下方插出，艾斯艾爾有些猝不及防，一拳被轟至酒吧牆上。

亂七八糟的店內瞬間沉寂，沒有人料到保安官會如此輕易被擊飛，他掙扎起身，短棍前指，然而波里克沒有打算繼續戰鬥，頹然放下雙臂，盤起腿席地而坐，「不，還是有些話我必須要說。」

「波里克大哥！快逃啊！你在做什麼！」

「波里克大哥！從後門，後門可以直接通到我們的鈍齒狼那裡！」

「快點！快動作啊！波里克大——」

「全部給我閉嘴！」壯漢大吼一聲，包括準備下一波攻勢的艾斯艾爾在內，所有人停下動作，雙眼直盯伸手摸找酒瓶的波里克。

「你是保安官對吧？」

「嗯。」艾斯艾爾短棍在手掌握緊又放鬆，點了點頭，望向他未能迅速壓制的強壯男人。

「是發生了一些問題，很麻煩的一些問題，」波里克東摸西找，終於找到了個還算完整的酒瓶，確認裡頭還有酒水後，咕嚕咕嚕灌了好大一口，「所以這傢伙打算幫我們排解紛爭，只是就結果來說，我知道有些太過火了。」

「這已經不是過不過火的問題……」艾斯艾爾一開始欲言又止，但似乎是越想越氣，甩了甩頭，乾脆拉開嗓門高聲說道：「你們應該知道對方是誰吧？知道的吧？王城貴族你們也敢惹？安薩里兄弟你們會不知道？知道還這樣搞？」

「當然知道。我們也知道保安官你執法上的難處，畢竟你也要連帶承擔後果，但是今天這口氣算是這老傢伙幫我們出的，幫我們這些冒險者出的，所以我願意負擔一些責任。」

「什麼氣？你說說看是什麼氣？」

「袖子裡藏刀的那個混帳，一句話也沒說就割斷了我的啤酒杯把手，我知道他們是貴族，他們目中無人也不是一天兩天的事了，但當著這麼多兄弟的面找碴，我波里克可不是被嚇大的。」

「那又怎樣？」面對波里克的解釋，艾斯艾爾仍怒意十足，絲毫不領情，「所以你要負一些責任？你以為這是你能負責的事情嗎？對方可是王城的貴族啊！你以為你們這幾人的小命能負多少責任？你有想過你們這樣搞，有可能害整個甜蜜酒鎮從地圖上消失嗎？」

「那怎麼辦？」波里克沒料到對方如此強勢，這輩子沒幾個人敢這樣跟他說話，哼哼幾聲，乾脆低頭喝起悶酒，雙手一攤，不打算再多辯解什麼。

「還能怎麼辦！全部先跟我回去一趟！還有什麼話要說嗎？」艾斯艾爾滿臉怒容，從身後掏出一大把手銬，「你們全部先到我那裡過一夜，天亮之後有你們好受的，先想好自己的遺言。」

「這樣明天的招募大會來得及嗎？」

原以為早昏死過去的恩索夫出聲微弱，仍咧著嘴笑著，艾斯艾爾憤憤補上一腳，順道踢翻大木桌，賭具槍械散落一地，「你們這些罪犯沒有資格參加招募大會！」

話一說完，艾斯艾爾便迅速動作，將留在現場的冒險者們一個一個銬上手銬，一共二十二人，披獸頭的少了兩個，白皙女人不見蹤影，頭戴鹿角帽的小孩子似乎也趁亂逃了出去，無所謂，艾斯艾爾並不打算再多追究，扯著一長串人鍊，通通帶回保安官的附屬牢房之中。

安薩里兄弟的華麗大轎已消失在酒吧門口，留下來清理善後的隨從們各個愁眉苦臉，甚至比被上銬的冒險者們更加悲戚，艾斯艾爾和他們點頭示意，右手牽動鐵鍊，往保安官辦公室移動。

眾人在喧鬧的街頭中沉默行走，老老實實跟上前一位的步伐，保安官帶來的立即性威脅遠大於貴族，雖說波里克方才占上風，他也只是暫時懶得反駁保安官，但不保證保安官無法當場格殺其他人，畢竟他代表著這個鎮的律法，稍有違抗便有可能嚴辦到底，大家都選擇先乖乖聽話一下，明天可還有重要的招募大會要參加。

「保安官大人——」

不過走在人鍊最前頭的恩索夫似乎不這樣認為，左顧右盼，頻頻出聲，找機會和艾斯艾爾攀談，「保安官大人——」

「閉嘴。」

「為什麼？有哪條法律規定被上銬的罪犯們必須閉上自己的嘴巴？」

回頭狠瞪恩索夫一眼後，艾斯艾爾仍不想多理會這惱人的老傢伙，現階段有更重要的事情值得他去煩惱，包括和鎮長解釋這件事情的始末、應付絕對會提出不合理要求的腓特安薩里……死的怎麼不是腓特安薩里，而是比較聰明的霍特呢？這樣會麻煩很多啊——

「還是說，甜蜜酒鎮有關治安的問題，都是你說了算嗎？」

「我剛剛叫你閉嘴了，有聽見吧？」

「有聽見啊，但是如果沒有法律規定，我也不必遵守不是？還是說……」

「閉上你的狗嘴，就這麼簡單。」艾斯艾爾第三次告誡，話中滿是憤恨。

「哎呀！看來真的跟我想的一樣，甜蜜酒鎮沒有一本律法典籍或什麼公告的，白紙黑字寫著怎樣的行為算是犯罪……」

艾斯艾爾猛然停下，回身就是一棍，往恩索夫臉部甩去，恩索夫雖及時伸手護住顴骨位置，但仍往一旁摔去，扯得整串人鍊跌得東倒西歪。

「搞屁喔臭老頭！閉上你的臭嘴啦！」

「很痛欸！你一個害全部摔倒很高興？」

「媽哩搞不清楚狀況？就你話最多？」

「保安官大人你下次要出手前講一下啦，不然我們也會被連累啦！」

「起來，繼續走。」

吃了一棍之後，恩索夫明顯安分許多，大夥又低著頭恢復冷靜，過了約莫三分鐘，他們終於抵達保安官辦公室，推開門，罪犯們依序進入與辦公室相連的牢房之中。

牢房空間並不大，艾斯艾爾果斷將睡得東倒西歪的醉漢們轟出辦公室，身後二十二人迅速搜完身，分別扔進單獨與共用的窄小房間裡，使勁甩上鐵門。

框啷。

「保安官大人還真是強硬啊！真棒，真棒。」似乎沒受夠教訓，恩索夫再度出聲，搭配低啞嘶笑。

「閉上嘴巴很困難嗎？相信我，天一亮你就再也笑不出來了。」

艾斯艾爾仍滿肚子怒火，眼裡閃爍紅光，連隔著鐵欄的恩索夫都能明顯感受熱氣，可他並不罷休，開口繼續說道：「我的理解跟保安官大人不太一樣喔。破壞別人之間博弈遊戲的規則與神聖性，卻理所當然的執行自己的法律，自詡為減少治安問題，這就是保安官自以為是的執法不是嗎？」

「自以為是？你腦袋到底哪裡出了問題？槍殺王城貴族的兇手難道不是你嗎？我殺你都來不及了，你真的知道自己犯了什麼天大錯誤嗎？」

「我只是照著遊戲規則，贏取勝利而已。規則沒有說不能殺人啊！」

「你什麼……！」

「好好好息怒息怒——」恩索夫毫無懼怕之感，噗哧幾聲笑了出來，隔著欄杆伸出右手，

「我叫恩索夫，初次見面，請多指教。」

「我不想知道。」艾斯艾爾甩頭，不想再花費心思理會眼前這滿口胡謅的老傢伙，牢房鑰匙收入口袋中，轉身準備離去。

「對了，保安官大人，這座鎮的律法……我這樣問好了，你是這座鎮的律法嗎？」

艾斯艾爾頭也不回，碰的一聲關上辦公室木門，不想再聽到更多罪犯們的聲音，他深深呼吸整理思緒，快步朝安薩里兄弟的居所趕去。

第三章　邀約者

保安官辦公室大門轟一聲甩上，腳步聲匆促遠離，恩索夫隨即收斂笑容，轉頭觀察周圍環境以及其他同被關進此處的冒險者們，牢房與牢房之間用鐵欄杆隔開，或許是擔心罪犯撞破隔間的防護措施，他不太清楚，但這種牢籠和辦公室連在一塊的設計，倒是第一次見到。

看來除了顯示治安不太好，保安官本人也有些走火入魔了，是因為時常抓到犯人，這樣比較方便管理？還是自己身兼執法者與審判者，把自己當成甜蜜酒鎮的移動律法？他搔搔後頸，選了個喜歡的角落坐下。

隔壁間是抱胸盤坐的波里克，低頭不知想些什麼，再過去則是兩間較大的共用牢房，雖說是共用，但一口氣塞進二十個人還是過於擁擠，連躺下的空間也沒有，大夥吱吱喳喳，或坐或站，怨聲源源不絕。

夜還長著，但有人已無法再多忍受一刻。

酒精發揮作用，有人在牢房邊角亂尿一通，騷味刺鼻，開始有人喊渴，吵著要水喝，遭其他人喝斥後稍稍安靜，過不久又按捺不住渴意大聲嚷嚷，抱怨人數一次比一次多，如此往復循環，彷彿沒有止境。

止不住笑意，縮在角落的恩索夫抬頭瞄幾眼隔壁牢房上演的鬧劇，從懷中掏出把小短刀，慢條斯理刮起臉上過多的棕灰毛髮，只見毛髮一撮撮落下，露出毫無皺褶與細紋的蒼白皮膚。

「果然是年輕人，挨了那麼多拳還活蹦亂跳也只有年輕人了。」波里克似乎也不想多加約束他的手下，直到恩索夫大部分鬍鬚落地，他才維持著差不多的盤坐姿開口，銳氣逼人。

恩索夫瞇起眼怪笑幾聲，撫著喉頭輕咳，轉換成截然不同的聲調，無論是外觀或特質，完全難以使人聯想到稍早的頹廢大叔，臉頰向下延伸自頸部白淨得不得了，也不太像歷盡滄桑的冒險者，「說不定我還比波里克大哥還年輕個十歲？」

「說不定？」

兩人相視而笑，恩索夫刮去臉上最後幾根亂翹毛髮，握柄轉向，遞出短刀，「波里克大哥之後或許會需要用到。」

「剛剛搜身沒被搜到？」接過刀的波里克也不急著動作，三指輕捏刃部，握把在掌中轉啊轉。

「沒搜到的東西可多著。」

恩索夫邊說，甩甩斗篷，一口氣十數瓶黑色小罐滾落地面，罐上分別貼了一到三的數字符號，在髒亂地上堆成小丘。

「這是？」

「解藥。」恩索夫嘴角微揚，將罐子按照順序分類，接著掏出一顆小小方骰，扔給隔壁牢籠的壯碩男人。

「什麼意思？打算繼續賭嗎？」

「是，是繼續賭沒錯，但不是殺時間，也沒有其他目的，我說過了，這是解藥。」

「什麼意……」波里克順勢撿起骰子，上頭只有三個數字，每個數字各佔了兩面。

「這是只有三個數字的骰子，也就是說，每個數字出現的機率是三分之一。」

「等一下。」

「怎麼了？」恩索夫問道。

「在遊戲開始之前，我有幾件事情想問。」

「波里克大哥儘管問。」

「為什麼要殺了霍特安薩里？」沒有猶豫與遲疑，波里克單刀直入，雙眼直勾勾瞪著前方令人捉摸不定的年輕男人。

「遊戲規則就是這樣，我只是按照規則做出相應動作。還有，在賭博開始之前，所有人應該都已經明白遊戲相應的後果了吧！」

「不要避重就輕。」波里克加重語氣，公用牢房裡的小弟們不約而同停止喧嘩，屏息傾聽，等待恩索夫答覆。

「如果你要問為什麼是殺霍特而不是腓特，我會這樣回答——因為我認為霍特比他哥哥還聰明一些，笨蛋之後比較好處理一些。」

「不是要問這個。」

「哦……？如果波里克大哥是問，為什麼不計代價也要對王城貴族出手？答案一樣很簡單，因為這裡是冒險者的天堂啊，不是什麼紈褲子弟的花園，太多人被他們整慘了，這裡不是他們該來的地方，他們在沃爾瓦大陸那邊自己玩自己的就好了。」恩索夫咂咂嘴，摘下帽子，將覆蓋額頭的瀏海全撥到頭頂上去。

「不是。」

「那……你要問的是為什麼要淌這趟渾水嗎？」

「嗯。」波里克點點頭表示同意。

「啊哈哈——惹麻煩本來就是我們冒險者的天性，不是嗎？」

「那你為什麼能肯定自己殺得了霍特？」

「波里克大哥，你的問題問錯了，我並不是為了殺他而開槍，」恩索夫閉起左眼，對著波里克擺出手槍擊發的動作，「而是選擇了最有利的方法來取得勝利，我們剛剛是在賭博不是嗎？做為第一順位，五號槍可是有四分之三的機率能射出子彈，這樣做當然是最好的選擇。況且不這麼做，之後遭殃的也是我們啊！」

「不，從一開始，從你要順時針進行的時候，就都已經算好了。」

「我可是職業賭徒。」恩索夫笑出聲，停頓了一會後才繼續說道：「不知道這樣的回答，波里克大哥滿不滿意？」

波里克沒有應答，依舊旋轉著短刀，似乎有些無法接受，恩索夫注意到對方仍緊皺雙眉，張口繼續說道：「還有啦，我不喜歡輸。當然，如果問我真正的意圖，那就是我打算做個人情給你們。」

「去你的鬼人情！我們現在全被關進這鬼地方，你還跟我扯他媽人情！」

「廢話少說啦！等我離開這裡我一定要把你這傢伙給宰了，餵給我們家鈍齒狼吃！」

「波里克老大，這臭傢伙又在胡言亂語啦！別再——」

波里克舉起右手，小弟們的七嘴八舌全數打住，牢房瞬間安靜下來，約莫兩秒後，他才緩緩開口，「的確是做人情給我們，一開始的心意我們也確實收到了，但現在因為你對貴族開了槍，我們又全被關進這間狗屁牢籠之中，這樣應該算是抵銷了吧？」

「沒錯，所以我現在要做新的人情給你們。」

恩索夫不理會眾人的交頭接耳議論紛紛，伸手隨便選了個散落地上黑色小瓶，拾起定在耳際，「這些小罐子裡頭有乾淨的水。」

「水！」第一個喊渴的邋遢鬼眼睛發亮，雙手緊握欄杆，巴不得馬上搶去一口喝乾，其餘小弟們似乎也意識到酒精帶走了他們體內大量水份，必須要想辦法補充，才能度過這個糟糕夜晚。但保安官匆匆離開時什麼也沒留下，辦公桌上堆滿刀具槍械，沒有任何看起來能裝載液體的容器。

「沒錯，水。但是，同時有可能是利尿的灰酒，或是毒藥。」

「等、等一下啊，你剛剛是說——」

「我沒說錯，」恩索夫打斷眾人即將發出的驚愕與抱怨，抓起二號瓶與三號瓶，「裡頭就裝這三樣東西，而且編號與內容物無關，每一瓶都不太一樣，可能會有兩罐一號的水，也有可能其中一罐一號是水，一罐是毒藥。」

「骰子就在波里克大哥手中，你們能不能喝到水，決定權在他，要不要讓你們喝水，決定權也在他。」

「這算是做人情嗎？」波里克反問。

「看你怎麼想，波里克大哥，賭或不賭，有或沒有，天亮前渴死或是解渴後想辦法離開這裡，一念之差而已。」

這次波里克想了許久，短刀轉啊轉的，恩索夫也不急，向後靠回牆邊。

「沒關係，慢慢想，我們還有很多時間。」

「為什麼要這樣？」

「這樣才有趣啊！」邊說邊遞出三號瓶子塞過空隙，恩索夫釋出善意，「第一瓶算我的，這是水。」

「我不太相信你。」瞥了眼喊渴的小弟，波里克扭開瓶蓋，淺啜一小口。

「沒騙人吧？」

「嗯，是水。」

「對吧對吧！還有，忘了跟各位說，如果拿了瓶子還不喝，是違背遊戲規則，下一次無論點數是多少，都會得到裝有毒藥的罐子。」

「我也可以在全數罐子都拿到之後，再決定要不要讓我的兄弟們喝。」波里克抬起眼，將瓶蓋蓋回。

「是個聰明的辦法，但要是如果——我是說如果，全部都是毒藥罐呢？在把罐子給你之前，這可是我一直隨身攜帶的東西，能從哪裡神不知鬼不覺加東西進去，波里克大哥也是不知道的吧？」

「大哥！不要再相信他了！我們可以忍耐的，不過就是口渴而已！」

「對啊波里克大哥！那種無賴就別理他了！」

「是嗎？遊戲已經開始了喔。」恩索夫露出慧黠淺笑，看著波里克將三號瓶傳至後方牢房。

「……大哥？」

「喝，誰需要就給誰喝。」牢房瞬間熱鬧起來，感動痛哭聲不絕，波里克似乎決定賭一把，橫豎都會死，早晚的問題罷了。

「啊啊謝謝波里克大哥！」

「波里克大哥！」

「大哥啊啊啊啊——」

「其他人閉嘴，」波里克說道，將短刀一把插進牢房地面，「來，開始。」

「好，如您所願。」恩索夫保持笑容，誇讚似的輕輕鼓掌。

骰子落地跳躍，黑瓶緩緩滾動，這次仍是三號。

波里克果斷拿起，想也沒想打開小酌，「水。」

「很幸運。」

「再來。」

接著是二號。

一號。

「水。」

一號。

「灰酒。」

二號。

「水。」

一號。

「水。」

波里克每骰一次，便先親口試喝，然後遞向身後，直到恩索夫身旁的黑色小瓶山丘完全淨空，除了兩瓶利尿灰酒，其餘全是清水。

「恭喜，看來沒有人喝到毒藥，也只有波里克大哥喝了兩口灰酒，如果真的憋不住，我不會介意的。」

「年輕人，你在耍我嗎？」

「以示誠意，再給波里克大哥一罐水，」從恩索夫身上掏出的黑水瓶滾向波里克，他抖抖衣領，「你還記得稍早，我問保安官的問題嗎？」

波里克輕握下顎，將最後一罐黑瓶擺在身側，「你問他，你是不是這座鎮的律法？」

「沒錯，這樣聰明如波里克大哥，應該知道我想說些什麼了吧？」恩索夫咂咂嘴，從懷中變出另一個牛角杯，猛灌好幾大口，「剛剛這個遊戲，你們能不能得到清水的實質決定權在我手上，對，就像那位保安官一樣。」

「你想說什麼？」

「我想說的是，我們可以創造新的律法，取代這座城鎮原有的權力核心跟法條，成為——」

「哈哈哈啊哈哈哈哈啊啊哈……」恩索夫話語未完，波里克摀著肚子不可遏制的狂笑起來，笑聲感染傳播，其餘小弟們也跟著發笑，接二連三，涕淚齊發，恩索夫倒也沒說什麼，緩緩站起身，等待笑鬧暫歇。

「你小子是冒險者還是叛亂份子？」

「我可以都是，也可以都不是，或是，你也可以稱呼我為未來的甜蜜酒鎮領導者。」

「哈哈哈哈啊哈啊啊哈哈……」波里克再度豪放大笑，一把拍碎地上黑色小瓶，清水恣意漫流，

「你叫恩索夫對吧？有野心！要不要加入我們？」

「相較於加入，我比較傾向於『合作』，我們就別當對方手下了，我們當對方的夥伴。」

「這樣啊……」笑聲戛然而止。

「是的，」換成恩索夫露齒而笑，打了個清脆響指，右側牆面轟隆幾聲，瞬間破開一口大

洞，石灰飛濺，磚造火爐大的犀牛頭出現在他身旁，撒嬌似的來回磨蹭，而犀牛背上則坐著頭戴鹿角帽的蒼白小孩，雙眼低垂，面無表情。

「這樣就要改換稱呼了啊，需要我再賣你一次人情嗎?波里克。」

第四章 命令者

門一開，熱辣辣兩個響亮巴掌搧在艾斯艾爾的左臉，彷彿某種進入行館前的儀式，不消片刻便紅腫起來，痛癢刺麻。

毛髮斑白稀疏的鎮長跪在大廳針織地墊旁，額心抵地瑟瑟發抖，安薩里兄弟的行館不久前還只是棟廢棄宅院，好幾年前某個富貴人家忽然消失無蹤後留下的，沒想到他們的侍從們能將此處裝飾得如此金碧輝煌，美輪美奐，甚至連兩層樓高的黑嘴大怪鳥標本都給搬來，安放在大廳角落。

一切都非常美好，除了……

「你有在聽嗎？你這下三濫的廢物！你還有臉來這裡？」

腓特安薩里破口大罵，唾液噴濺在艾斯艾爾臉上，他仍不為所動，直愣愣盯著眼前暴跳如雷的貴族子弟。

為什麼來這裡？因為要賠罪。身為甜蜜酒鎮保安官，卻使安薩里大人們遭遇凶險，甚至害霍特大人遭惡徒開槍擊中要害，命殞他鄉，實在是因為自己未盡到保安官的職責導致，因此必須肩負最大責任。

「為了……」語句含在口中，他不習慣這樣的場面，整夜奔波不止，以及稍早藍琥珀酒吧與牢房的憤恨吼叫讓他疲憊不堪，倒不是身體上的勞累，而是某種極度緊繃後失去彈性的感受，雖然心底早有準備，趕來行館的路上也在腦中演練數次，但面對腓特的咄咄逼人，艾斯艾爾還是下意識退縮，欲言又止。

為什麼會是這種反應？這是保安官該有的反應嗎？

「為了什麼？為了在你的辦公室多喝一杯熱茶，所以害這些暴徒在街上狂歡？啊？你他媽說句話啊，跟我解釋解釋為什麼我們兄弟倆連去這種鄉下酒館喝個小酒，體驗一下你們這些低賤平民百姓的垃圾生活，也會遇到這種狗屁鬼事？啊？」

汗水自髮際線流出，浸濕腓特蟑螂觸鬚一般的瀏海，艾斯艾爾不敢多看，深怕露出不該有的表情，稍微妄動都有可能換來時間更長的唾罵，忍耐才是正解，艾爾艾斯暗忖，即便對方是高高在上的貴族，應該多少還是知道分寸。

「跪下！給我他媽跪下！」

眼前紈褲子弟的怒吼將艾斯艾爾拉回現實，左臉又挨了一記響掌，腓特手腳並用，將他推往大廳，命令他跪在鎮長身旁，鎮長雖低著頭，卻也伸出手來回揮動，口中速唸「保安官！快點啊！」，要艾斯艾爾趕緊聽命行事。

跪下就能解決問題嗎？

忽然左小腿一陣刺痛，原先隨侍在側的僕從站在艾斯艾爾身後，提腳使勁踩踏，另一側也走上一個異常年輕的少年，準備將他押近地面，對腓特安薩里大人行懺悔禮。

「所以我跪下，令弟便能死而復生嗎？」

話語爬出唇齒瞬間，艾斯艾爾便感到後悔莫及，他單膝跪地，抬頭看往大步走來的腓特，腓特往他臉部猛踹一腳，他沒有反抗，接著又是一腳踩往胸口。

「那我該怎麼做？殺了你這失職的垃圾？還是把旁邊那個老不死的也殺了？」

「這樣不是明……」艾斯艾爾這次及時打住，他突然意識到表達自我意念是不智的行為，說再多似乎只是白費唇舌，他除了服從，沒有其他選項。

我並不是這座城鎮的律法。

腦中浮現離開辦公室時那混帳老傢伙說的話，大多時候艾斯艾爾的確代表了這座城鎮的正義，懲奸除惡，但絕對不是現在。

現在的他們只是王城貴族子弟人生白紙上的汙點，不，或許那張紙從一開始便是黑的，而他們則是白色顏料，不幸滴染在上頭。

「不是什麼？你知道我爸爸跟我爺爺是誰嗎？我他媽在沃爾瓦大陸時想殺誰就殺誰，你算哪根蔥？想要對我下指導棋？沒辦法解決問題是不是？好，我今天就把這個鎮的暴徒們全給殺光，你保安官也不用當了！」

腓特怒氣沖沖抬手，袖中長劍一甩，藍光閃耀，木製大門瞬間裂成兩半，眾僕役一擁而上，連忙將毀壞木門搬離，避免擋到安薩里大人行徑路線，同時將地上兩人拖離地面，跟上腓特腳步。

行館離鎮中心有段距離，腓特獨自跳上八人大轎，包括艾斯艾爾與鎮長在內，數十人浩浩蕩蕩出發，鎮長走得慢，隨從們硬拽帶扯，迫使他跟上大轎速度，腓特的靴印在他衣褲上清晰可見，明顯比艾斯艾爾吃了更多更久的苦頭。

因此即便氣喘吁吁，艾斯艾爾仍能感受到鎮長滿是怨懟的眼神時不時聚焦在自己身上，這無可厚非，雖然只要仔細想想，他便會發現其實自己也是受害者之一，會促使事態發展至此，主要原因是火燒岩礦石的開採許可，再來則是安薩里兄弟本身。

他並不清楚自稱恩索夫的冒險者開槍之前發生什麼事，但依照波里克的說詞，恩索夫是幫眾人向貴族子弟們出了口氣，與罪犯和冒險者相處搏鬥多年，艾斯艾爾直覺上不太相信擁有強烈領袖特質的波里克會說謊，在他們的世界，信用與顏面是一切，沒有轉圜餘地。

「保安官！你在幹什麼東西？」

快步走了幾百公尺，鎮長已完全脫力，由隨從揹在背上，可他沒心思休息，低聲罵道：「你為什麼不好好道歉，然後把來龍去脈給說清楚？」

艾斯艾爾聳聳肩，「只要能讓安薩里大人氣消就好。」

「這我當然知道！但你是保安官，你不能讓貴族碰囚犯。」

「為什麼……怕之後其他冒險者不服，挑戰我們執法時的公權力嗎？」

「誰管你以後怎樣！」鎮長一不小心揚起聲調，連忙摀住自己的嘴，觀察大轎好一陣子，確認沒有動靜後，才壓低音量繼續出聲，「要是那些髒東西傷到安薩里大人怎麼辦？」

「髒東……」艾斯艾爾抿起嘴，他並不贊同鎮長的想法，每個來到日落之處的異地遊子都有自己的想法或苦衷，只是立場上有所分別罷了，但多說無益，乾脆扭過頭來專心趕路。

刻意避開酒鄉街，大轎多繞了一些路，約莫十分鐘後，才終於抵達保安官辦公室前的小廣場，沒想到映入數十雙眼眸中的，是破開牆面與凌亂散落的各種器物，囚房裡空無一人，收繳在桌上的武器消失殆盡，殘存牆面則用紅色顏料寫上大大幾字。

別累壞了啊！

艾斯艾爾發現自己有些止不住顫抖，憤怒、失望、悲傷、無助……全在同一時間自胸口湧上，眉頭緊皺成糾結藤花，好像這幾年在此地所努力的一切全化為烏有，他從未面臨如此強烈的挑釁，一時不知如何是好，愣在原處，像尊結了冰的人體塑像。

「所以現在……是什麼情況？」

步下大轎的腓特似乎也無法接受眼前景況，轉過身來，又問了一次，「現在是什麼情況？」

「安薩里大……大人……那……」

「現在是什麼情況？」腓特暴吼，長刀出袖，唰唰兩聲將鎮長及揹負鎮長的隨從劈成兩半，汙血四濺，順勢削去艾斯艾爾左手臂上一大塊肉，只見切口處先是一片死白，半秒後才噴出大量鮮紅。

劇痛自艾斯艾爾手臂襲來，他下意識退避，但長刀速度更快，瞬間斬去他的半邊手掌，腓特不罷休，來回舞動長刀，一口氣斬死四五個隨從。

「你知不知道自己在幹嘛！」

滾入人群後方的艾斯艾爾撕下衣角，趕緊包紮不斷湧出汁血的左臂，斷面整齊，無名指與小指不知落到哪去了，隨從們雖驚慌失措，但連逃跑的勇氣也沒有，任憑腓特宰割。

艾斯艾爾腦袋有些昏沉，幾小時內發生太多預期之外的事情，而現在的他連鐵鍊也無法握緊，拘束腓特的暴走行為。

「我他媽當然知道！你既然這麼無能，我就來代替你行使職權，幫助你把這些罪犯通通殺光，澈底剷除這些他媽的犯罪份子。」

轟！

話音未落，爆炸聲灌破滿布星斗的夜空，整座甜蜜酒鎮紮紮實實震動了幾下，牆面磚瓦剝落，小廣場上倖存的人們縮起頭循聲探望，遠處火光煙灰猛地升起，轟隆不止。

安薩里兄弟的行館燃起熊熊烈火。

「這……」

「唉呦呦，連我們敬愛的保安官大人也敢動，不愧是王城來的高貴種族，太偉大了，真的太偉大了。」

「別這麼酸，高階人種都是喜歡聽好話的類型。」

「對啊，我們就不要多說話，等一下他又生氣。」

「生氣就生氣啊！」

吸鼻呼嚕聲，黑暗之中忽地冒出五個披著獸頭的年輕人，公鹿、野豬、野狼、狐狸及豹，艾斯艾爾認得他們，他那時只抓了其中一位，是藍琥珀酒館內與波里克交好的那個，他們長短利刃在手，蓄勢待發。

「但該說的還是要傳達一下。」似乎是隊長的野狼頭開口，其餘附和。

「嗯嗯，請說。」

「說，還是要說一下。」

「好。」

「腓特安薩里，準備好去死了嗎？」

「死你老母！」

怒吼聲中大片血液灑落，周圍揚起塵土。安薩里的隨從們非死即傷，肉塊飛散，可藍色劍芒仍不止息，在廣場上來回舞動，割裂砂土地面，斬斷所有阻擋之物。

左手持續劇痛，包紮的布料早已浸濕大半，透出血水，汗液自艾斯艾爾額角滑落，流進眼睛裡，除了勉強跟上獸頭刺客的動作外，愈趨模糊的視線甚至已開始出現殘影，忽遠忽近，捉摸不定，彷彿只為了消耗腓特安薩里與艾斯艾爾的體力。

公鹿搭配野豬，狐狸配上豹，除野狼頭套手持長刀，站在較遠處指揮，其餘皆握著形制不一的雙劍與短刀，不時變換陣式以及大聲嚷嚷。

「你搞什麼啊！閃去一邊！」

「不對啊這樣我被砍到怎麼辦啊，注意左邊！」

「閉嘴啦。」

「別命令我啊，我討厭被……等一下，別躲在他的僕人後面擋刀啦！這樣不對！」

「少來，你剛剛也這樣做很多次好不好！」

五張長滿利牙的大嘴從頭到尾停不下來，甩舌吐氣同時相互吐槽，卻絲毫不影響彼此之間走位以及出手時機，默契十足，游刃有餘。

「你們煩不煩啊！死垃圾畜生！」腓特仍持續發著脾氣，鑲滿碎鑽的袖口早已破開一條裂口，平時藏在裡頭、時軟時硬的長劍全露了出來，像蛇一般在他周身打轉，難以接近。

而夾在中間的艾斯艾爾除大量失血外，亦無法好好伸展手腳，他必須保護王城的貴族，可腓特不辨敵我，無差別亂揮亂砍，一同來到廣場上的三四十位隨從們剩不到十人，在行館裡試圖強迫鐵長干行禮的清秀少年明顯是裡頭的領導者，捏著耳環上發著刺眼亮光的礦石，不停唸唸有詞，同時指示其他僕從有利生存的逃難方向。

「你有辦法讓安薩里冷靜下來嗎？」艾斯艾爾聲音顫抖，他的背部全濕，已無法控制自己的左手臂，徒然隨著身體無力擺動，少年斜睨了他一眼，閃身而過，一記迴旋踢將野豬頭踹飛地面。

「搞屁喔阿毛！」

「不是說不能喊名字嗎！」身形細瘦的狐狸大吼，往身旁的公鹿揮了一拳。

「咦咦咦咦對吼！」

「綽號不算啦——」空中的野豬頭緩頰，艾斯艾爾趁勢箭步向前，曲身閃躲掃向臂膀的藍色劍氣，一棍把他打倒在地。

「不對啊保安官！你幹什麼打他啊！」

「搞屁喔保安官！」公鹿再度不滿叫道。

「你站在哪一邊啊，你沒看到這裡有個殺人犯嗎！」

有那麼一瞬間，艾斯艾爾心臟忽地糾結成一團，他們說的好像也沒錯，到底該站在哪邊？如果說保護貴族只是不成文的規範，那這樣算是他不得不肩負的職責嗎？即便貴族殘虐無比，總是做一些傷天害理的事，還是必須幫助他們嗎？或是得承受來自王城的壓力，替冒險者們做些什麼？

該逃的與逃不了的都已脫離戰場，留下大量散亂足印或身首異處的屍塊，野狼首領終於加入戰局，與出腿迅急的清秀少年相互對峙，其餘三位則壓著腓特打，不再給他更多揮動長劍的機會。

而艾斯艾爾思緒混亂，眼前一黑，氣力用盡往左側倒去，原先躺在地上奮力掙扎扭動的野豬頭順勢起身，將他安放在地上。

「保安官流太多血了啦！這樣他會死掉的說！我的身體都被他的左手弄濕了！」

「難怪，要不然他平常……」

「爛死了！」腓特破口大罵，一個不注意，手中長劍遭擊飛，插在遠處泥地上，可嘴巴並沒有因此停下，「下賤的廢物就別巴著保安官的位置不放，害我弟弟慘死，現在連我腓特安薩里都保護不了，這樣的廢物乾脆死一死算了！」

話語剛落，腓特隨即被壓制在地，嘴裡塞進破布，動彈不得。

「剛剛有人傷到保安官嗎？」

「沒有！」

「報告沒有。」

「沒有的！」

「沒有！」

問話的野狼沒有放鬆戒備，雖然只剩下清秀少年，但能在獸頭們擅長的團體戰中確實製造空隙讓其他人逃離戰場，同時使艾斯艾爾有機可乘，絕對有兩把刷子。

「阿毛先幫保安官止血，波里克大哥說他不能死。」野狼下達指令，雙眼仍緊盯少年動作。

「收到！」

「原來是同一夥的。」少年冷冷插嘴，嗓音偏高，聽不出一絲情緒，左邊耳環仍閃耀亮光，談話對象似乎不是眼前的獸頭們，而是遙遠另一頭的其他存在。

「那是什麼？你那是戴普凡緹的通訊機械吧？」

「那應該是喔！他不知道在跟誰通話！」另一個毛髮糾結遮蓋雙眼的豹頭開口附和，隨即遭到高聲反駁。

「你又看得見了？」
「去把毛剪一剪啦！看到就煩！」
「關你們什麼事啊幹！」
「先把他打倒再說啦！」狐狸插話。
「這我當然知道。」
野狼橫刀擺起架式，準備一擊讓對方失去戰鬥能力，但少年仍面無表情，不為所動，絲毫沒有應戰打算。
「不打算反擊嗎？沒關係，我們也不是什麼正義之士，這樣正合我意……」
「你想太多了，狗頭。」
少年吐出「狗頭」兩字，在場所有獸頭青年們不由自主爆出驚呼，面面相覷，憤怒在空氣中竄動，壓制腓特的其中兩位提刀站起，加入合圍行列，他們揚起嘴皮，露出紅潤牙齦，低鳴於喉間迴盪。
「你剛剛說什麼？」
「你們好像還不太了解現在的情勢。」少年語氣冰冷，看似游刃有餘。
「我管你什麼屁情勢？你剛剛說了什麼？」公鹿喉間低鳴放大，利齒滴垂唾液。
「該死的小白臉剛剛說什麼？你有聽到嗎？」
「他說：『你想太多了，狗頭。』好，太棒了，上次聽到這樣說我們的人死到哪去了？」豹頭補充，同樣咧開大嘴。

「死在他媽白骨河的河床裡了對吧？」

「所以我說這個該死的臭小子要不要為他剛剛說的話負那麼一點點……只要一點點就好，一點點的責任？」

「那當然，不用說——」野狼頭領總結，但馬上就被打斷。

「我是伊萊德，沃爾瓦大陸日落之處開發暨探險大隊，王城護送專隊第三隊小隊長。」

伊萊德毫無懼色說出一長串咒語般的字句，反倒使獸頭們摸不著頭緒，「等一下，這是表示他很厲害的意思嗎？」

「不，我覺得不是，應該是，他也是王城的人吧？」

「這不重要吧，他剛剛叫我們狗頭！」

「沒錯！沒錯！」

「我就不信你赤手空拳還能——」

「軍隊馬上就要來了。」伊萊德再度打斷眾獸頭，面露不屑冷笑，「原本應該護送諸位前往火燒岩礦場的軍隊，會在天亮之前抵達這裡，以襲擊並殺害貴族、嚴重破壞貴族貴重器物、殺害貴族僕役等罪名，將諸位清掃乾淨。」

軍隊二字傳進獸頭青年的耳中，彷彿定身咒語一般，所有人停下手邊動作，雙目睜得老大，滿臉不可置信。

「你們盡量攻擊我沒關係，殺了我也無所謂，頂多再加幾條傷害王城重要官員、意圖謀反、叛亂罪，」伊萊德雙手一攤，挑釁般踏出一大步，「來啊，垃圾狗頭。」

眾人仍然靜默，紛紛轉頭望向長刀晃動的野狼首領，每個指掌皆因克制怒氣的緊握而微微顫動，伊萊德說的話超乎預期的嚴重，沒有人敢貿然出手。

「剛剛不是很生氣？還是說你們這些狗頭的尊嚴就只有這……」

轟。

槍聲蓋過伊萊德的話語，他單膝跪地大喊出聲，大腿多了口血泉，噗嚕噗嚕湧出鮮血。

「什麼東西！」

「冒險者可不能害怕啊！」豪邁嗓音響起，渾身肌肉的壯漢步入廣場，槍管冒著白煙，身後則跟著數十位裝束各異的冒險者們，將小廣場團團包圍。

「波里克大哥！」

「大哥！」

「大哥你終於來了！現在要怎麼做啊！」

「保安官怎麼倒在地上？不是說別傷到他嗎？」波里克皺眉，視線聚焦在躺臥地上的艾斯艾爾，拋出疑問。

「不是啊大哥！是他們弄的！」阿毛伸手指向腓特和伊萊德，半是驚慌半是憤怒。

「這樣啊……」波里克捏著下巴，走向血肉散落一地的廣場中心，對著伊萊德再補一槍。

「啊呃呃！你……！」

「嗯？」槍托搔了搔後腦，波里克直挺挺站在伊萊德面前，低頭俯視，「你也只是小嘍囉而已吧？軍隊會來？歡迎歡迎，我們冒險者可不是被嚇大的。」

「我們可是直屬於王城的精銳……」

又一槍，伊萊德左大腿出現第三個血窟窿，他吃痛哀號，整個人蜷縮成一團。

「精銳又怎樣？」

波里克仍像山一樣立著，陰影吞噬纖瘦少年，「無法盡職保護好貴族的精銳？我們誠摯歡迎。」

「你……！」

「來，大家動作。」

波里克下達指令，小廣場頓時一片混亂，用品與器具大多直接從保安官辦公室裡搬出來，幾個人圍在半是昏迷半是清醒的艾斯艾爾身邊處理傷勢，將他安放在柔軟床墊上。

腓特的奴僕們全都被集中到另一側，一群人縮在一塊，就像冬夜裡取暖的小雞，而他們主人衣服被扒得精光，綁在合力從對街搬來的木樁上，雙腳高高懸空，仍精力十足的鬼吼鬼叫，可惜沒有人搭理。

而原先趾高氣揚的伊萊德在緊急止血後，被綁上了另一根木柱，他低著頭怒視波里克，波里克雙臂插腰，沒有雀躍，也沒有落寞。

離太陽升起，還有一段不長也不短的時間。

「很充裕。」高壯的波里克不比木樁矮上多少，在兩桿長柱間來回踱步，直到腓特終於筋疲力盡，停止發出噪音後他才停下腳步，抬稍稍頭望向兩位尊貴客人。

「累了？那我們可以正式開始了。」

「開始什麼鬼？你這下賤骯髒的畜……嘔！」磚頭大拳頭中止腓特的辱罵，胃液噴吐一地，波里克又連續灌了好幾拳，確保他將能吐的東西給吐光，完全說不出話，才收回拳頭，接過手下遞上來的擦手布巾。

「惡徒終究不會有好下場。」

「惡徒？」彷彿聽見什麼荒謬言論，波里克歪著頭，直視伊萊德惡狠狠的雙眼，「你是說，我們是惡徒？」

「襲擊凌虐貴族、燒毀破壞貴族居所、試圖顛覆貴族……」

「好吵。」

「你們這些垃圾竟然還妄想要將我們給……」

轟。

波里克再度朝他的左腿開槍，衣料碎片嵌進伊萊德身後木樁，飄出濃厚焦肉味，站在較後方的兩個波里克手下趕緊上前去，替面目痛苦猙獰的伊萊德止血，避免他因失血過多而昏厥。

「精銳小隊長，不知道你有沒有發現一個問題，那就是你的每一句話──每一句話都有貴族兩個字。」波里克吹淡槍口白煙，塞進腰間皮製槍套，「你認為的惡徒，可是保護了差點被你們給殺掉的保安官啊！這樣難道不算是做好事嗎？」

「你不明白吧？這裡是日落之處，在這裡的所有人，彼此之間只有兩個字——尊重。我尊重你，你也得尊重我。」他抬頭看看天空，雙眼緩緩移回至面前瑟瑟發抖的伊萊德，「我們尊重保安官，因此鬧事之後安安分分進到牢房裡，雖然後來發生了些讓我們能逃出來的鳥事……總而言之，如果保安官代表這座城鎮的律法，而我們就是尊重律法的冒險者。」

波里克咂咂嘴，掏出隨身小鋼瓶，烈酒氣味撲鼻，「你們呢？濫殺無辜、踐踏法律，甚至還殺了鎮長、砍斷保安官的手掌……你他媽有臉說我們是惡徒？別笑死人了。」

「呸！」

大口唾液落在波里克臉上，伊萊德滿是鄙夷，似乎不願再與眼前壯漢多說任何一字，波里克則用手背擦去臉頰濕潤，阻止憤怒的手下們一擁而上。

「我們還有很多時間，可以玩個遊戲。」

聲音沒有特別起伏，波里克回頭朝保安官辦公室望了幾眼，大夥兒手忙腳亂，似乎仍忙著治療艾斯艾爾的傷口，「在我的家鄉有個遊戲，名叫誠實答覆，也有人稱作冒險提問。」

烈酒下肚，波里克旋緊瓶蓋，手中變出一枚亮閃閃的銀幣，「遊戲是這樣玩的，我會彈硬幣，然後讓你猜硬幣的正反面，你沒猜中，就得誠實回答我一個問題，反之亦然。」

「我贏了，可以更加瞭解你們，你贏了，也會在軍隊來之後，有更多指控我們的證據。這樣還不錯吧？」波里克輕笑，左手拇指將硬幣高高彈起，啪。

「正面反面？」

沒有回答。

伊萊德垂著頭，抬眼死瞪波里克，不願吐露任何一字，波里克稍微頓了一會，邁開步伐，往力氣盡失的腓特臉上使勁招呼，顴骨發出清脆破裂聲響，傳進周遭每個人的耳中。

滾滾淚水自腓特眼眶湧出，窸窣落在衣領裡，他無力呻吟，綑綁在身後柱子的手臂也無法輕撫確認面頰傷勢，只能試著用淚水減緩疼痛，波里克沒有多看他一眼，走回伊萊德面前。

「剛剛那局不算，我們重新開始。」

「太卑鄙……」

硬幣騰空，左手掌壓右手背，啪。

「正面反面？」

依舊沒有回答。

「真是的，這樣怎麼好好保護你親愛的貴族大人？」

弓箭步，全身連動出力，波里克的拳頂關節塞進腓特的臉中，牙齒斷裂飛濺，血水灑落一地。

「來，再一次，」硬幣在空中翻啊翻的，被一掌接住，「正面反面？」

伊萊德表情痛苦，終於吐出語句，「……正面。」

「答錯了。」翻開，數字浮雕朝上，波里克露出黃色板牙，「記得，要誠實回答問題喔。」

「你這傢伙……」

「你口中的軍隊，總共有多少人？」

「你真的以為我會老實告訴你？我會是那種笨……」

轟。

腓特的臉又紮紮實實吃了一拳，鼻樑扭曲，流出潺潺污血。

「回答。」

「……三百。」

「很好，下一回合。」

波里克迅速彈出硬幣，掌心牢牢包覆，平放在右拳之上，「正面反面？」

或許是終於明白波里克不會手下留情，加上擔心腓特安薩里的處境，伊萊德這次老實開口，

「正面。」

翻開，反面。「可惜，答錯了。」

「我明明看到……」

「作戰方針是捕獲，還是全數擊斃？」波里克抬起下巴，稍稍朝仍在低頭哭泣的腓特擺了擺。

「可惡……」

「三、二……」

「擊斃！是擊斃。」

「很好，下一回合。」

「等一……」

啪！

「正面反面？」

「你出老千！你這低賤的垃圾出老千！」伊萊德破口大罵，在木樁上奮力掙扎，但徒勞無功，就像條即將死去的毛蟲。

「正面反面？」而波里克眼神堅定，雙手仍停在半空中，等待伊萊德的回應，而其餘手下則靠往越縮越小的腓特身旁，準備代替他們的波里克老大，展開下一記痛擊。

「……反面。」

「可惜，還是答錯。」手掌翻開，人像那面閃閃發亮，「我稍稍調查了鎮上的冒險者們，大約有六百人，假設逃離戰場的只有兩百人，剩下四百人有辦法跟你們抗衡嗎？」

「絕對沒辦法……我們是菁英，我們是菁英！你們這些混帳東西註定會死在這種鳥不生蛋的地方。」

即便處於劣勢，伊萊德仍帶著難以撼動的絕對自信，搞得波里克有些不高興，皺起眉頭，再次將硬幣彈入空中。

「夠了。別再傷害他們了，你沒有這個權力。」

虛弱嗓音自波里克後方響起，躺在辦公室旁的艾斯艾爾不知何時來到他的身後，左手紗布佈滿髒污血漬，搖搖晃晃，一次又一次推開想上前攙扶的阿毛與其他醫護人員。

「我當然知道，保安官。」波里克見狀立刻收起錢幣，改變口吻，雙臂友善開展，「這只是為求自保的手段，軍隊在日頭升起時會抵達這裡，然後屠殺所有人。」

「屠殺……？」

艾斯艾爾露出不可置信的表情，但看向木樁上的兩人後，右手拍了拍自己臉頰，「不……你們到底幹了些什麼？」

「就像保安官你所看到的，我們救了腓特剩下的奴僕們，幫你止血療傷，現在要準備迎擊早晨的衝突。」

「不……我的意思是……」似乎無法接受過大訊息量與衝擊，艾斯艾爾虛弱向後倒去，被阿毛接個正著。

「波里克大哥！這該怎麼處理？」

「先讓保安官回去休息吧，看著自己的城鎮變成這種景況，換作是我也不太能消受。」

「可是保安官一直不好好配合！」

「那就盡你的全力啊，這不需要我教吧？」

「我不好好配合？」艾斯艾爾插嘴，他雖仍處於混亂狀態，但仍試圖掌握所有情況，這是他苦心經營多年的城鎮，怎麼可以隨隨便便就讓這些目無法紀的冒險者們佔據，甚至替他做主、維持治安？

「沒什麼，保安官，你就先回去休息吧！」

「不，你先好好解釋清楚所有的一切，我可沒有忘記你是在藍琥珀酒吧鬧事的人。」

「逃出監獄是我們不對沒錯，但這並不是重點，重點是我們得做好開戰前的準備。」

「就算是這樣，也不該交給……」

「說不定交給我比較實在喔？」眾人聞聲轉頭，身穿黑斗篷的男人出現在他們數步之距，手肘抵住小女孩頭頂，吊兒啷噹，但女孩隨即大動作撥開他的手，再朝他的小腿補上一腳。

「唉喲！」

「恩索夫……？」

「怎麼了嗎？」

艾斯艾爾視線模糊，花了好些時間才認出眼前這傢伙，不僅刮除鬍鬚，連聲音與神態都與被捕時全然不同，彷彿變了一個人似的。

而身旁的波里克則走向前去，伸出厚實巨掌，「恩索夫，你終於想通啦。」

「稍微有那麼一點，」恩索夫露出爽朗笑容，彷彿身處美好世界，「但我還是傾向合作大於服從喔——」

「只是剛好讓某個女人能順利完成她的任務罷了。」

第五章　提問者

時間往前回溯，離開保安官辦公室後，恩索夫與蒂蕊再次回到藍琥珀酒吧。酒吧內部凌亂不堪，桌椅杯盤碎片散落一地，地板與牆面滿布踩踏推擠造成的破口，彷彿一整群興奮過度的野牛剛離開似的，慘不忍睹。

「哎呀呀……」恩索夫喃喃唸道，拉過一張高腳椅，發現支柱歪斜的不得了，換過一張，情況沒好到哪去，索性站著。蒂蕊倒是不甚在意，隨便跳上其中一張，嬌小身軀前後左右晃啊晃的。

沒見著老闆，不過吧台後方乒乒乓乓，應該是正試圖整理報廢的物品，恩索夫也不著急，逕自翻過檯子，選了瓶藍妖精，倒進隨身攜帶的牛角杯，蓋上杯蓋，順便從吧台下塞滿冰塊的箱子裡拿出整壺牛奶，「要來一點嗎？」

蒂蕊點點頭，同樣從身上變出一個較小的牛角杯，一口氣灌了兩大杯後繼續遞出杯子，要求更多飲料。

「不行，雖然妳還在青春期，但是喝太多牛奶會變笨。」

蒂蕊狠瞪恩索夫一眼，打算伸手搶過牛奶壺，但恩索夫一把提起，嘿嘿兩聲，當著對方的面大喝特喝。

「你們……你們搞什麼啊？看不出來暫停營業嗎？」

聲音自後頭傳來，老闆額頭滿是汗珠，氣喘吁吁打斷他們動作，大概也無力驅趕不請自來的兩位冒險者，逕自找了個安穩平面傾身靠著，隨手拿了瓶沒破的酒，替自己斟了一杯。

「嗨老闆，我們又見面了。」

「你是哪位……？」老闆眉間皺起，從圍裙的口袋中找出金框眼鏡，胡亂抹了幾下後戴上，他認得那個奇怪小孩，至於另一個年輕人似乎在哪兒見過，卻又沒什麼特別印象。

「我們簽過約，還記得吧？和安薩里兄弟的賭博遊戲，用槍的那個。」

「簽約？」

「對，就是那張羊皮紙。」

「羊皮紙？……你不是應該要又老又醜的嗎？等等，」老闆抬起手，遮去恩索夫的鼻梁以下，定神細看，果然和那個老賭徒有幾分神似，「你還敢回來？你把我的店弄成這副德性你還敢……」

「契約上寫得很清楚——」恩索夫眨眨眼，拉長「清楚」二字，「一切毀損器物由我負責。」

老闆面露欣喜，但隨即皺起臉孔，開始翻箱倒櫃，慌忙找起東西，恩索夫稍稍轉過頭去，向蒂蕊使眼色，同時將手中牛奶壺塞進她懷中，只見她從壺嘴處大喝了幾口，才蹦蹦跳跳離開吧台，往門外巨犀跑去。

「老闆怎麼了嗎？」

「那張契……等一下等一下……那張羊皮紙不見了，我記得我擺在……」老闆全身溼透，搬開一箱又一箱的空瓶與調酒器物，來回翻找，雙手不敢停下動作。

「真是糟糕，契約不見的話，可就不能幫老闆負擔店內的損失了啊！」

「這我當然知道！」老闆語氣惡劣，齜牙咧嘴，「你趕緊來幫我找！」

「咦？為什麼？」

「因為……」話語忽然打住，老闆抬起頭來，滿臉不悅，「該不會是你偷的吧？這樣一來就不用履行契約上的義務了。」

「不不，老闆您這就言重了，我是賭客，不是什麼小偷，如果我真的不打算負責任，我就不會回來了啊！」

雖然沒想到契約會這樣消失無蹤，打亂了恩索夫的計畫，但他還是笑出聲來，太有趣了，那接下來……「不如這樣，我們重新再簽一張契約，之前那張就當作沒這回事。」

「真的嗎？」

「當然，我恩索夫向來是說話算話……」

「還是別太相信那種人喔老闆。」

兩人聞聲轉頭，混亂交疊的桌椅上不知何時坐著一位神態悠閒的女人，長頭髮白皮膚，手中輕捏抄滿文字的羊皮紙契約，左下則潦草簽上老闆大名，幽暗中泛出微微亮光。

恩索夫認得她，稍早曾有一面之緣，日落之處雖什麼人都有，但剽悍卻美麗的女人家卻不多，先天生理上的弱勢，沒什麼人願意多賭一把。

「說什麼傻話，可別汙衊本人的人格——」恩索夫露出虎牙，伸手阻止正好推門而入的蒂蕊掏出槍械，「我們見過，沒錯吧？」

「喔？」女子頭一偏，外面霓虹灑進破窗，長髮燁燁發光。

「賭博的時候啊——」未等對方答覆，恩索夫迅速拉回話題，「不過，手拿我與老闆契約的妳，才是不值得信任的小偷吧？」

「……咦？對啊！妳怎麼會有我們的契約書？」老闆歪頭，同聲發出質疑。

長髮女子伸伸懶腰，稍嫌不自然的翹起腿，將契約對著亮光，一字一句慢慢唸出，「本人同意將藍琥珀酒吧及一切相關器物，包括所有酒精飲料、餐具及各項雜物，無條件轉讓給恩索夫，並絕不追討與細究。」

只見老闆倒抽口氣，再度惡狠狠瞪向恩索夫，差點將手中布滿油汙的玻璃杯扔去，但蒂蕊快了一步，咚咚兩聲躍上吧台，懷中木箱開啟傾倒，銀幣嘩啦啦灑滿桌面。

「喂喂喂，話不能只說一半啊？」恩索夫歪起嘴，來回打量眼前意外狡猾的年輕女子，「我可是還寫上了支付相對應價值的銀幣以及未來十年的修繕費用啊！」

「喔喔？」女子的笑容不懷好意，恩索夫知道她是故意這麼做的，但不清楚目的，如果是和波里克有所關連——

「原……原來是這樣啊！」打亂恩索夫思緒的老闆口齒不清，他活了大半輩子沒見過這麼多錢，讓他不愁吃穿三年五年也仍綽綽有餘。

恩索夫不理會下巴幾近脫臼的老闆，邁步走進陰影之中，「真會裝傻，該不會連頭髮也是假的？」

「對只見過兩次面的人說這種話，不太禮貌吧？」

「怎麼會？對象是試圖欺騙他人的傢伙，無傷大雅。」

「我可沒有說謊，」長髮女子微笑時左臉頰有個淺淺的酒窩，意外迷人，「這段話完完全全是契約上所寫的喔！」

「部分事實也算是事實嗎？」

「不是嗎？」

恩索夫越走越近，直到距離對方兩步之遙才停下雙腳，眼前女子氣質與他十分相近，都是靠著相似伎倆過活的邪門歪道，他在心裡衡量了一下，低聲開口，「名字？」

「哈哈哈！」女子噴笑出聲，搖搖晃晃站起身子，差不多只到恩索夫肩頭的高度，但舉手投足充滿自信，騙徒的自信，「諾瑪，當然，這是假的名字。」

「無所謂，恩索夫也不一定是真的。」

「那接下來呢？」

伴隨輕柔語音，陣陣爆炸聲自遠處襲來，梁柱屋瓦震動，短暫終止了酒鄉街的人聲嘈雜，但隨即陷入更加劇烈的騷動，恩索夫深深嘆口氣，手掌朝上，「好吧，也該交出來了吧，這可不關妳的事——或是波里克的事。」

「唉呦，稍早還尊稱人家波里克大哥的說。」

「的確是這樣沒錯，不過，我也親自跟他說了，我們是對等關係，彼此合作大於服從喔。」

「這我知道，波里克有特別交代，」諾瑪指掌超乎想像的靈巧，彷彿機械運轉一般，迅速將契約折成方便攜帶的大小，塞進輕便胸甲之中，「要我不要激怒或戲弄你，即便假裝答應合作也沒關係。」

「這種事情，應該不須特意跟我……」

距離與恩索夫極近的諾瑪猛然甩出手臂，食指指尖黑洞洞，對著他的頸邊擊發，可目標不是恩索夫，而是他身後捧著牛奶壺的蒂蕊。

銀色長針擦過蒂蕊耳際，深深嵌入吧台木板之上，恩索夫雙目怒瞪，反手撥開諾瑪的右臂——沉甸甸，絲毫不似瘦小女人該擁有的身體觸感，他皺眉架開諾瑪的身子，掌心抵著鎖骨，將她押進桌椅之中，木片粉碎，發出詭異金屬碰撞聲。

「妳！」

諾瑪尖叫，使勁頂開恩索夫，將他踹離自己身體，恩索夫注意到她眼中難以掩飾的驚恐與厭惡，但隨即恢復先前的泰然自若，她翻身彈起，一腳跨踩在恩索夫胸口。

手與腳都是假的。

來自金屬之城戴普凡緹的機械義肢。

恩索夫並未加以抵抗，抬起頭冷冷望著眼前被虛假包纏的女人，諾瑪似乎不太在乎充滿敵意的眼神，對著恩索夫開口，「抓到把柄囉。」

「把柄什麼的，不需要那種東西。」

「這可不一定，那孩子是拐來吧？看你的年紀應該不太可能有那樣歲數的小孩，還是說……該不會，是愛人留下的吧？」諾瑪發出鈴鐺般的清脆笑聲，得意全寫在臉上。

恩索夫沒有反駁，單手緊握諾瑪的腳踝，另隻手迅速亮槍，毫不猶豫朝對方小腿及大腿開槍，同時出腿掃倒諾瑪，起身。

扣動扳機，直至清空彈槽。

不似正常生物反應，諾瑪呈奇特的扭曲姿勢躺臥在地，四肢滿布彈孔卻異常僵直，發出惱人滋滋聲。

恩索夫深吸好幾口氣，雙目低垂，一句話也不說，從破爛斗篷裡層掏出子彈，一顆一顆裝填。

藍琥珀酒吧的老闆瑟瑟發抖，雙手各抓了把銀幣，躲進吧台下方，氣氛莫名凝重，空氣中的水分好像全凝結成團，搞得他渾身不對勁，他不知道恩索夫為何會毫不猶豫扣下扳機，也不確定自己的酒吧會不會在幾分鐘後，完完全全毀壞殆盡。

然而一旁的蒂蕊反倒事不關己似的，抱著牛奶壺跳上高腳椅，喝了幾口後發現壺空了，隨手扔到一旁，翻過吧台尋找更多牛奶。

「老闆你別緊張，馬上就會處理好的。」

仰躺在破碎家具裡頭的諾瑪大聲說道，滿臉自信，絲毫不像是處於劣勢，隨時會被取走性命的樣子，恩索夫裝完子彈，斜睨了她一眼，彎腰撿了個較乾淨的地方坐下。

「我……不對啊！喂！你啊！你已經殺了一個人了，拜託！不要再多殺一個啊！」

「殺一個跟殺兩個有差別嗎？」恩索夫回應老闆的驚慌，緊盯諾瑪微微顫抖的雙腿，傾身伸出手指，「不過相較於殺人，我對這個比較感興趣。」

「原來是個變態大叔啊——」

「嗯哼。」

「不能隨便碰別人身體，這是基本常識吧？」

「說謊的人，不只說的話不能相信，人格也不太會被尊重喔。」

「哦？怎麼確定我是說謊的人？」諾瑪笑出聲來，恩索夫愣了一下，發現自己意外喜歡對方的笑容，稍稍撫平不小心衝溢而出的怒氣——他腦中浮現不好預感，收回停在半空中的右手，平穩呼吸，將這樣的想法逐出腦中。

「倒是不能完全確定。但是偷走別人的契約書，某種程度上就是騙子了不是嗎？」

「只是剛好在殘骸之中撿到，剛好把上面的內容讀了出來，又剛好被你們聽見。」諾瑪看著掛滿蜘蛛絲的天花板，稍稍挪動肩膀，「你不覺得我一直都很誠實嗎？包括告訴你諾瑪是假名，還有說出我觀察到的一些……一些你刻意想要隱藏的東西。」

「即便是這樣好了，我也不打算相信妳。」

「是嗎？那如果我現在跟你說，我從頭到尾說的都是謊話，你還會相信我嗎？」

恩索夫不禁露齒而笑，在日落之處闖蕩這麼多年，他倒是第一次遇見這麼有趣的傢伙，「我知道妳要說的是……」

「說謊的人說自己正在說謊，那就表示我是誠實的人，妳應該好好誇獎我才對。」諾瑪撒嬌似的眨眨眼，裝出少女嗓音。

「這樣不太合邏輯……算了，別再裝聲音了，趕快起來。」

「這樣才對！殺人不好啦！你……」老闆這時才敢探出頭來說幾句話，恩索夫抬起手打斷，眼珠咕嚕嚕轉動。

「這樣好了，我們來玩一個遊戲，如果我贏了，妳就將契約書還給我。」

「我贏呢？」諾瑪反問。

「那我就乖乖跟妳一起去波里克那裡。」

「可接受。」

「那就開始吧！」

恩索夫打了個響指，蒂蕊雖滿臉不願意，但還是放下牛奶壺，迅速整理出一張完好無缺的桌子，鋪上黑色桌巾。

「遊戲很簡單……」

「我這樣的狀態可以玩嗎？」諾瑪插話，姿勢仍然扭曲。

「不行嗎？」

「蒂蕊！」恩索夫出聲喚道，招呼蒂蕊靠近，「諾瑪，妳應該有帶著替換用的義肢吧？」

「有是有，但可能也要麻煩可愛的蒂蕊稍微再幫我一下，」諾瑪邊說邊瞇起眼，故意嘛起嘴唇，「畢竟是自己的爸爸弄壞別人東西——」

「妳話有點太多了喔。」

「什……什麼！你是這個小女孩的爸爸？」老闆雖仍躲在吧台後，可是見氣氛舒緩，終於敢露出半個身子，雙目圓瞪，彷彿聽見千百年來的天大祕密。

「誰跟你爸……算了，隨便你們。」

恩索夫甩甩手，向後仰躺在腳柱斷裂的破椅背上，變出支捲菸點燃，看著蒂蕊從另一側角落拖來大袋行李，裡頭裝滿了各式機械。

「先從右手開始吧，幫我拿螺絲起子跟第三格袋子最裡層的鐵片，先把手腳都拆下來吧。」

「這裡有個隱藏的蓋子要先掀開，旁邊原本有顆螺絲，但是被你把拔的子彈打穿了，沒關係，從這邊繞過去試看看。」

「線路先不要管它，反正都要換了，有看到最下面有個卡榫的地方嗎？妳從那邊伸進去扳開，對，有一個角度……」

前後折騰了約莫二十多分鐘，一個口令一個動作，蒂蕊依序全數拆卸完畢後，諾瑪從袋子裡挑選新的義肢，避開特殊色澤，包裹最柔軟紅潤外皮的似乎是現在情況下最佳首選，蒂蕊雙手抱起義肢，幫她鎖上每一顆螺絲，滴入潤滑油，打開隱藏在假皮膚下的電流開關，一陣劇烈震動之後，諾瑪終於能夠漸漸控制義肢的每一處關節。

左右伸展，諾瑪右手嘎啦嘎啦將身上灰塵拍乾淨，低頭替換左大腿與股間接縫處零件。

「好了嗎？」像灘爛泥的恩索夫渾身菸味，似乎一口氣將肺都給抽了，動作比之前輕柔許多，不再感受到他的煩躁，可手指在褲頭來回且快速敲擊，半是催促，半是疑問。

「可以開始講解遊戲內容了。」諾瑪回道。

「我也不打算多等妳。」

「是嗎？」

恩索夫聳聳肩，起身來到桌前，擺好兩個髒兮兮的透明酒杯以及兩顆骰子，他伸出三指輕捏，一併扔給身旁的諾瑪。

「數字一到六，檢查一下。」

「嗯嗯。」

「這是以前我們家鄉男女約會時用來消磨時間的遊戲，叫做冒險提問，也有人稱它為誠實答覆。」

「所以，你其實想跟我約會？」諾瑪滿眼笑意，裝作驚訝地將手指摀在雙唇之前，恩索夫愣了愣，收回她機械手掌中的骰子，交給蒂蕊，各自放回原先位置。

「別打斷我。」

「好啦你繼續。」

「遊戲總共進行三次，我們各自用盅骰——就先用這杯子將就一下，數字大的人可以向數字小的提問，並且可以提出相減後的問題數，」恩索夫停頓幾秒，估去桌子其中一邊，「也就是說，假設我擲出六，妳擲出四，我就可以問妳兩個問題，而妳必須照實回答。」

「有限制什麼問題不能問嗎？」

「沒有。最後，則是問對方的問題數較多的那一個獲勝。」

「好，那開始吧。」

諾瑪說完，站到桌子另一側，老闆好奇湊上，躲在兩人斜後方的椅子旁，正中間的蒂蕊右手一揮，兩人搖起玻璃杯。

噹啷噹啷噹噹啷啷。

「下。」

恩索夫下達指令，兩人同時停止動作，玻璃杯用力罩在桌上，迅速掀開。

六與五。

「看來是我贏了。」恩索夫嘴角微揚，蒂蕊俐落將兩顆骰子擺正，放了一個紅色小方塊在恩索夫前方。

「這紅色的小東西還真可愛——」

「明明有實力，也足夠聰明，為什麼要替波里克做事？」

「呦？這麼快就開始問，真是猴……」

「不要轉移話題。」

「真是的，」諾瑪抬眼看向一臉嚴肅的恩索夫，雖和暴怒時的神情不同，但仍隱隱散發肅殺之氣，「這兩件事並不牴觸啊，倒也不是說相信波里克能做大事什麼的，就只是有趣而已，在日落之處生活已經夠艱難了，與其成天愁眉苦臉，不如追求有趣的事物，這樣很合理的吧？」

「合理。」恩索夫沒顯露其他表情，眼神不知聚焦在何處，「來，下一回合。」

「好喔。」

骰子在玻璃杯裡高速碰撞轉動，幾秒之後啪啪兩聲闔在黑色桌巾上，同時掀開。

六比四。

「兩個問題。」

諾瑪嘖了一聲，雙手抱胸，「快問吧。」

「妳是哪裡人？」

「真是的，想要侵犯別人隱私可不是什麼好榜樣喔。」

「輪不到妳來說嘴。」

「我可以告訴你，我原本住在南方的尼爾，一輩子住在海上，但陰錯陽差就到這裡了，沒什麼特別，就這麼簡單。」

「大港尼爾嗎……」恩索夫看起來並不太滿意這樣的答案，但仍搔搔耳後黑灰髮絲，「第二題，妳的四肢為什麼會變成這樣？」

「我說你啊……」不似以往輕浮，諾瑪的眼神似乎黯淡不少，雙手搭上小桌桌角，「老闆，可以幫我們準備一些酒水嗎？我口有點渴了，還有，接下來要說的話有點多。」

「咦……店裡剩的酒不多喔！如果妳不嫌棄的話……」

「沒關係，老闆你自己斟酌一下吧！」只見諾瑪露出抱歉的友善笑容，轉頭回來，「這要從好幾年前說起，以前我也是個健康寶寶，每天活蹦亂跳——」

尖銳機械摩擦聲忽地劃開空氣，刮搔眾人耳膜，蒂蕊摀起耳朵，一口氣退了好幾步遠，恩索夫也有些承受不起，食指塞進左耳耳道，另一手指著諾瑪迸發火花的機械左臂，要她趕緊處理。

諾瑪意味深長的笑了笑，嘴巴仍不斷唸唸有詞，慢吞吞修理起爆走尖叫的手臂，等到機械完完全全停止尖叫，她也正好說完。

除了前幾句話以及「貴族」、「成為奴隸」等關鍵字，還有諸如「人體花瓶」之類恩索夫從沒聽過的詞彙，其他語句都被噪音構成的浪給吞沒，什麼也聽不見。

「妳這是……」

「故事說完了，是不是該進入下一回合了？」

「不，剛剛沒有人聽到妳回答的內容……」

「沒有啊！我不記得遊戲的規定裡有說要確保其他人聽見喔？我保證自己很誠實地回答了你的問題，唉呦，這對我來說很不容易啊！畢竟要揭開自己不太願意讓人知道的傷疤啊！就不要刻意刁難了。」諾瑪撒嬌似的回應，又噘起了嘴，手指纏著長髮轉呀轉。

老闆這時才端出調好的酒，繞過重重障礙，來到三人身旁，正打算開口抱怨方才的混亂，卻被諾瑪搶先一步，「還有另一件事，比喝老闆特調還更重要，你應該自己最清楚，恩索夫。」

恩索夫的雙眼這時才真正對焦在眼前的女人身上，他微微抬起頭，等待對方繼續說下去。

「恩索夫，你出老千了對吧？」

嚇了一跳，老闆左腳不小心絆了一下，撞歪小桌，杯盤上酒水險些撒出，諾瑪的機械手臂在下一秒幫忙扶正托盤，面露完美笑容。

「我有說錯嗎？恩索夫。」

「這樣可是會造成我的困擾啊！」沒有正面回應，恩索夫看向諾瑪的機械義肢，雙手虎口叉腰，「如果在遊戲進行中要指控其他賭客作弊，是需要證據的喔！」

「這個遊戲一開始就不公平了吧？這裡最接近荷官身分的是蒂蕊，而蒂蕊是和你一起旅行的夥伴，會讓人懷疑也是無可厚非吧？」

「我反而不覺得蒂蕊是站在我這邊的。」恩索夫苦笑，伸手試圖拍拍蒂蕊頭頂，隨即被她一掌撥開，外加一記狠瞪。「就是這樣，雖然她不喜歡說話，但也不是會騙人的個性。」

「可是，這不能證明你們沒有作弊吧？」諾瑪加重語氣。

「也不能證明我作弊不是嗎？照理說質疑別人時應該要自己提出證據，而不是要求對方證明自己清白吧？」恩索夫挑眉，露出討人厭的微笑，稍稍向前傾身，「該不會是，害怕自己輸了之後，會被妳的波里克大人懲罰？」

「真是的，我看起來像是會怕他的樣子嗎？你這麼快就肯定自己會贏，是不是真的出老千了啊？」

「別想要從我這裡套話，妳有兩個選擇，繼續下一回合還是認輸？」

「這麼嚴肅，可是會嚇壞小朋友的，」半是撒嬌半是開脫，諾瑪挑起眉，裝出生氣的樣子，「或是內心脆弱的我。」

「別開玩笑了。」

「真是的，我沒開玩笑喔！」

明知恩索夫臉色陰鬱，欲言又止，諾瑪仍自顧自地說下去，嘴角大幅度上揚，老闆偷偷後退幾步，深怕兩人再度擦槍走火時自己也被捲入其中，蒂蕊則冷漠以對，和過往一樣，事不關己。

「博奕遊戲的神聖性，你應該是知道的，絕不能牴觸或違背開始前訂定的規則，畢竟，我們可是靠這個維生的。」

「喲？」諾瑪挑眉，打算裝傻無視恩索夫的反駁。

「別想要小聰明——」眼前的男人似乎換上全然不同的性格，嗓音忽然低沉下來，手指輕捏紅色小方塊，「蒂蕊，再補兩個給我。」

「神聖性？這話應該不是由你來說吧？」諾瑪回應，眼中迸發亮光，「可以開始最後一回合吧？有人要等不及了。」

「妳等不及了嗎？」

骰子再度甩入玻璃杯中，發出框啷碰撞聲，兩人眼神交會，掌中酒杯轉啊轉，闔上桌面，默數三秒，開。

二與六。

似乎沒料到會出現這樣的情況，恩索夫略為顫抖的右手輕捏下巴，雙目略為睜大，但驚慌只有短短一瞬，便立即恢復鎮定。

「喔喔——是我贏了呢！」諾瑪語帶諷刺，露出可愛虎牙，「還是說，你從來不覺得自己會輸？」

「賭博本來就有輸有贏……」

「是嗎？沒有就好。」話語未盡，諾瑪猛然探身，一把將恩索夫前方的紅色小方塊抓來，還了一個給站在旁邊的蒂蕊，自己留下一個在掌中把玩，「這樣一來，你就要回答四個問題了。」

相較於老闆臉上的不可置信，恩索夫並沒有太大反應，抱胸後退，低頭盯著黑布上的骰子，諾瑪則拉了張椅子坐下，雙腿交疊，「來吧？」

「嗯。」

「第一題，你應該知道波里克是這次甜蜜酒鎮的招募大會勢力最龐大，實力也最堅強的冒險者吧！為什麼不加入他？」

「加入他？之前就跟他說過了，我傾向合作，我可不打算加入幫派，人多手雜，礙手礙腳。」

「就這樣？」

「這算第二個問題嗎？」

「不算。」諾瑪噗哧一笑，從灑滿酒水的托盤拿起玻璃杯，從容啜飲，恩索夫仍維持相同姿勢，肌肉半是緊繃半是鬆弛，而蒂蕊左顧右盼了一會，跑向吧台附近，尋找她的牛奶壺。

「下一題，原本要在早上舉辦的招募大會，因為你的緣故，可能得被迫取消了，你到底在打什麼主意？」

「因為我的緣故？」似乎早知道對方會提出這樣的問題，幾分鐘前的驚慌在恩索夫臉上消失無蹤，轉為自信，「沒打什麼主意，願賭服輸，就是這麼簡單。如果對遊戲規則有所疑慮，大可不要參與，但如果參與了，一切就得照規矩來，我那時只是照著規則，算了算機率，依照大家裝填彈藥的狀況，正好處在最有利順位的我，選五號槍扣下扳機會成功射出子彈的機率是四分之三。這是霍特的命，該死的時候就必須死——」

諾瑪並不急著打斷，小口小口ㄏ著橘紅酒水，幾秒之後，才拋出第三個問題，「下一題，蒂蕊是你的誰？」

「……」

難得見到恩索夫語塞，惹得諾瑪一陣喜悅，她在心底竊笑，出聲催促，「怎麼了？與前一題相差太多嗎？記得要誠實回答喔！」

「她是之前的朋友，託付給我的孩子。」

「就這樣？」

「我沒有說謊。」

「感覺有些避重就輕啊！」

「規則裡有提到，回答要說得多詳細嗎？」明顯鑽規則漏洞的恩索夫並沒有微笑，語氣之中隱隱帶著怒氣，諾瑪倒也不追究，站起身，先收起紅色小方塊，再將骰子捏在指節之中。

「剩下最後一題，之後有機會再問吧！差不多該去找波里克了。」

「不把遊戲結束？」

「有規定遊戲時間嗎？」

「……妳說了算。」

「對了，這是你的骰子喔。」諾瑪說道，將骰子輕輕拋在小桌上，轉了幾圈，點數六。

「妳……」

「我偷偷調換了你的骰子，在噪音剛結束，絆倒老闆的時候。」

除了捧著牛奶壺蹦蹦跳跳跑回的蒂蕊，老闆滿臉驚恐，來回掃視兩人，恩索夫則又再次露出陰沉面容，不發一語。

「畢竟我在摸到你的骰子前，也不確定你有沒有動過手腳，所以乾脆把我自己的骰子換了過去，」諾瑪邊說邊從身上掏出另一個骰子，放上小桌，「這才是你一開始準備的，因為我的骰子也動過手腳，重量接近你用來作弊的那個，所以你才沒有發現吧！」

「雖然你說蒂蕊並不站在你那邊，可道具都是你準備的，如果你沒有說出口，她應該也不知道你出老千吧？只要照你教的流程，把什麼道具放在什麼位置，其餘就不關她的事了。」

「如此一來，她也就沒有說謊的疑慮，一切都非常自然，但你應該也不覺得自己做錯了什麼，畢竟，」諾瑪吞吞口水，露齒而笑，「遊戲並沒有規定不能這樣做，你也就沒有違反規定。」

「我說的對吧？恩索夫。」

沉默蔓延，恩索夫的帽緣壓得極低，看不清他的神情，老闆已經退得不能再退，臀部抵在半倒的桌椅上，又過了幾秒，恩索夫才發出不合常理的嘶啞輕笑聲。

「妳真的很有趣，為什麼要特別說出來？」

「這樣才能彼此信任啊，我早就說過了，我是誠實的人。要跟你這種賭徒打交道，第一要務就是誠實待人。」

「是嗎？」

「你說呢？」

「……你們好來好去，用溝通的就好，不要再打架了啊！」發現兩人對話內容趨於緩和後，藍琥珀老闆終於敢插話，可聲音仍有些顫抖，畏畏縮縮。

「老闆，這裡就先交給你整理了，桌上那些錢都給你，契約的部分看是要等我找機會拿回來，還是找時間再簽一張新的，你覺得如何？」

「好……都好！你決定就好！」

「嗯嗯，蒂蕊，走囉。」

不等諾瑪回應，恩索夫招呼蒂蕊，甩頭離開酒吧，小山一般的灰色獨角巨犀趴在大門口，鼻孔噴出濃烈氣息，蒂蕊率先跳了上去，跨坐在犀牛頸部，恩索夫接續跟上，向後坐挪出空位，讓給仰起頭來的諾瑪。

「不拉我嗎？」

「自己想辦法。」恩索夫別過頭去。

「真不體貼。」

諾瑪揚起嘴角，俐落登上犀牛背部，巨犀「哦——」了一聲，抬腳朝保安官辦公室旁的小廣場前進。

沿途沒有碰上什麼阻礙，除了幾聲槍響劃過夜空外，酒鄉街的冒險者們仍持續飲酒作樂，期待天亮之後的招募大會，絲毫不知小廣場上有兩位貴族被綁上木樁，任憑波里克宰割。

「那待會該做些什麼？」即將抵達廣場時，恩索夫朝夾在兩人之間的諾瑪問道，諾瑪甩動長髮，稍稍擺頭。

「自我介紹之類的？我也不確定，我只是負責帶你過來而已。」

「好吧。」

「所以我等等抵達後會先去辦點事，你們就不用等我了！」

「沒有要等妳的意思。」恩索夫鼻孔出氣，雙臂交叉擺在腦後，躺在犀牛背上的布袋及雜物堆之中，得先稍作休息，等等還有更多出乎意料的事情會發生。

「你還欠我一個問題，不會輕易放你走的。」

彷彿宣示，諾瑪咧嘴微笑，斜靠在鞍甲靠墊上，伸手校調腿部義肢，準備接下來與波里克的會面。

第六章　答覆者

廣場上，和稍早全然不同的外型與氣質，自稱恩索夫的年輕人不知在何時刮去了滿臉鬍鬚，他並沒有伸出手回應波里克，僅只點頭示意，眼裡雖帶著笑意，卻絲毫不顯露真正想法，全身上下都戴著層面具。

「我還是傾向合作大於服從你的命令喔——只是剛好讓某個女人能順利完成她的任務罷了。」

「也就是說，你輸給了諾瑪對吧？」波里克露齒淺笑，肩頸肌肉放鬆，全然不同於方才惡狠狠揮拳的模樣。

默默觀察兩人互動的艾斯艾爾微微曲身，右手扶在膝上，雖多次拒絕阿毛攙扶，他仍非常虛弱，失血量之大出乎他的意料，連好好直立都有些困難。

「賭博就是這樣，有輸有贏，」恩索夫苦笑，打了個響指，身旁的蒂蕊立即戴上鹿角帽大步跑開，不曉得要到哪去，「我跟酒吧老闆簽的契約還在她手上啊！」

「這可就要你們自己私下解決了，現階段有更重要的事。」

波里克說完，扭頭轉向一旁的艾斯艾爾。艾斯艾爾試圖集中精神，抬眼，多花了幾秒望向兩人，「我說過了，我是甜蜜酒鎮的保安官，絕不允許罪犯試圖——」

「試圖怎樣？」

清甜女聲打斷艾斯艾爾的發言，長髮女子自不遠處緩步走來，和小女孩蒂蕊一起抬著一張木椅，哐啷兩聲放在艾斯艾爾的腰後，「坐下吧保安官，現在不是逞強的時候。」

「妳又是……？」

「諾瑪妳來啦，這樣我們就可以正式開始了。」不顧艾斯艾爾反對，波里克一把將他壓坐在椅上。

恩索夫斜瞪了諾瑪一眼，伸手輕輕將蒂蕊拉向自己身後，蒂蕊起初抗拒了一會，但隨即被黑色斗篷外側的黑布繩結引開注意，好奇把玩，諾瑪倒也沒說什麼，雙手抱胸，指尖輕敲手臂，發出詭異的噠噠聲響。

「開始什麼？」

「不，這樣好了，我們先移動到保安官的辦公室裡吧！」波里克比了比身後木樁上渾身是傷的兩位人質，邁開步伐，恩索夫則走向艾斯艾爾，一把拿起尚未坐熱的木椅，不讓諾瑪有機會接近蒂蕊。

艾斯艾爾低聲咕噥，拖著沉重腳步，再次拒絕阿毛等醫療人員的幫助，跟隨其他人回到自己的辦公室，雖說是自己的，但早已堆滿冒險者們的武器與生活用品，廚房則是塞進數量誇張的食物與酒，似乎全從酒鄉街運來的，搖身一變成為波里克一派的大本營。

「保安官，先暫時借用下啊！」波里克開口，全無歉意，再度伸手將艾斯艾爾壓回他的躺椅，波里克的其他手下全去忙了，只剩下這五人在塞滿各式雜物的辦公桌各占一方，木椅則擺在恩索夫身前，輪到蒂蕊坐著休息。

「所以要開始什麼？」

「天一亮，軍隊會過來，以各種罪名對我們發動攻擊。」

「是那兩位說的嗎？」恩索夫歪著頭，彷彿聽見什麼不可思議的言論。

「不，是自稱什麼日落之處王城護衛小隊長的那位，他說他叫伊萊德。」

「這樣啊，那他為什麼會說？」

「我們玩了誠實答覆。」波里克掏出硬幣，大拇指彈向空中，被站在對面的諾瑪一把接住，擺在掌心仔細端詳。

「是男女約會時玩的那種嗎？」

「約會？」

「我們剛剛也是在約會……」

「別理她，」恩索夫打斷諾瑪，瞪了她一眼，對著滿臉困惑的波里克開口，「我知道這遊戲，輸的一方必須誠實回答問題對吧？」

「沒錯，」波里克點點頭，「也就是說，以下情報都是伊萊德那傢伙在遊戲裡吐露的——敵軍三百人、作戰方針是全數擊斃、以及軍隊中的三百人全是菁英，單憑鎮上的爛醉冒險者們是無法與其抗衡的。」

「這都是他說的？」

「對，雖然我用了點方法輔助……」

「等一下。」

無力蜷縮在躺椅上的艾斯艾爾忽然舉起手，示意眾人聽他說話，「你的意思是說，天亮時會有王城的軍隊前來……屠殺這座小鎮？」

波里克點頭，眉頭深鎖，掃視在場其他的人。

「不，這有些問題。」這次輪到恩索夫舉手，「我們能確定那位伊萊德說的話是真的嗎？」

「你的意思是？」

「如果他說的是謊話——」

「就算遊戲規則是『必須說出實話』，也還是有其他辦法來誤導問問題的人，」諾瑪插嘴，對著恩索夫眨眨眼，將硬幣彈回給波里克，「或是實際上說的是謊話，只是假裝誠懇，騙你說那是真的。」

「我看伊萊德那傢伙的慘樣，應該是不至於撒太大的謊，」諾瑪說道，食指與拇指輕捏下巴，「不過他畢竟是護衛軍的小隊長，說不定也有受過相關訓練?面臨拷問時該如何應對之類的。」

「現在的情況的確和平時玩遊戲不同，我想大家都明白諾瑪的意思，」恩索夫的手抵在木椅椅背上，蒂蕊像小動物一般將臉靠在上頭，發出呼嚕呼嚕的熟睡呼吸聲，「我們沒辦法判定伊萊德說的是真是假，因此沒辦法……」

「不不，還是有辦法做準備，只要多想幾個不同情況的方案就好了。」

「不，就算是這樣也沒有辦法。」恩索夫斬釘截鐵，絲毫不在意波里克愈加僵硬的表情，「因為我們的資訊不對等。」

「資訊不對等？」

「沒錯。現在在這裡的人就是主要決策者對吧？」恩索夫維持原先姿勢，手背撐著蒂蕊後腦，試圖不讓睡得一塌糊塗的蒂蕊跌下木椅，「但是，我們卻不知道彼此之間真正的想法或是暗中打著怎樣的主意，在不完全信任的前提下，就算擬兩百個計劃也阻擋不了那支精銳軍隊……當然，前提是真有軍隊的情況之下。」

「不需要真正了解其他人吧？」波里克出聲質疑，硬幣在掌中搓啊揉啊，「我也不完全熟悉跟了解我所有的手下，但不也幹了些大事？」

「我覺得你們搞錯問題方向了。」

「嗯？」

艾斯艾爾舉起沒受傷的右手，抬起頭，伸出食指與中指，「就算軍隊這件事是真的，只要把那些對貴族們不利的兇手和幫兇們交出去——現在說這些似乎有點不妥，但是只要把你們給交出去，事情應該就能解決了啊？」

「把我們交出去？你在說什麼鬼？」波里克拉高音量，但艾斯艾爾毫無畏懼，繼續說了下去。

「再來，我身為甜蜜酒鎮的保安官，卻跟一群犯罪者合作，不只有違我個人的準則——」

「所以受到我們這些廢物冒險者幫助，卻忘恩負義，沒有違背保安官大人的道德標準嗎？還是說，臣服在胡亂殺人的貴族腳下，每天跪著要飯，才是保安官大人的本性？」恩索夫一臉蠻不在乎，嘴角上揚，「還以為保安官是這座小鎮裡面正義的存在，結果你的正義只是為了出生比較高貴的人而存在，有夠可悲。」

「你這個殺人犯有資格說——」似乎戳到痛點，艾斯艾爾忽地大吼，同時努力撐著扶手，打算站起身子來。

「這樣好了，」諾瑪迅速湊進劍拔弩張的兩人之間，食指放在雙唇之前，「波里克大哥，我們把保安官排除在外吧。」

「排除……排除在外嗎？」

「對啊，」只見諾瑪輕笑，泰然自若站在恩索夫與艾斯艾爾之間，「再過幾個小時天就亮了，我們不需要花費多餘的時間在辯論或說服之上，所以，保安官你就先小睡一會吧！」

「妳以為現在這種情況要怎……」

還來不及反應，艾斯艾爾的身上冒出一支銀亮長針，不偏不倚插在肩胛與頸部交接處，而諾瑪斜擺在腋下的左手食指冒著輕煙，指尖黑洞洞的，就像槍口一樣。

「諾瑪！妳又自作主張幹了什……！」

「別那麼生氣啊波里克大哥，只是加速保安官進入熟睡前的過程而已。」

「妳……」強烈睡意自後頸襲向全身，艾斯艾爾全身癱軟，視線逐漸模糊，再度陷入一片漆黑，「你們……」

「保安官，你就先放心休息一下吧！」

艾斯艾爾迅速沉沉睡去，像具安詳辭世的屍體一般，諾瑪心情愉悅拔出長針，蓋起指尖小蓋，左右觀察恩索夫與波里克神情。「礙事的傢伙睡著了，現在該怎麼做呢？」

「先把保安官送走吧，」波里克嘆了口氣，伸手招呼不遠處的阿毛，「阿毛，你把保安官帶去安全的地方，別讓他亂跑。」

「收到！」阿毛咧嘴應答，把艾斯艾爾連人帶椅推走，恩索夫則將辦公桌清出一小塊空間，抱起睡眼惺忪的蒂蕊，以她的小背包當枕，輕拍安撫她繼續潛入夢鄉。

「還真看不出來，恩索夫是個好爸爸呢。」諾瑪舔舔嘴唇，刻意說給恩索夫聽似的，恩索夫再次惡狠狠瞪了她一眼，不打算再多費唇舌辯解，轉過頭面朝波里克，「我有一點想法，供波里克大哥參考參考。」

「嗯？」

「可是在說之前，有些事情想確認。」

「什麼事情？」波里克眼前的男子再度露出詭異微笑，惹得他一陣沒來由的不悅，「希望不會影響我們接下來要辦的事。」

「不會不會，波里克大哥多慮了！」恩索夫急忙澄清，但立刻拋出不留情面的尖銳問題，「我只是在想，為何大哥你會忽然決定如此報復腓特安薩里，甚至不惜對伊萊德出手，也不怕招來軍隊鎮壓？」

「這件事啊……」

波里克搔搔頭，欲言又止，可恩索夫眼神堅定，全然不似平時吊兒郎噹，「波里克大哥的答覆，或許會影響我要不要合作的決定。」

「現在是在威脅我嗎？」

「也不是，只是想搞清楚這件事情罷了，畢竟，波里克大哥可是拒絕了我逃出這間牢籠時的邀約，在我在牆上寫字的時候，靠自己的號召力想辦法離開牢籠的啊！」

「我不想欠任何人人情。」波里克的聲音毫無起伏，異常冷漠，似乎不願再多加談論此事。

「這我知道，但還是沒有回答到問題，還有，為什麼波里克大哥會如此憤怒，甚至放火燒了安薩里的宅邸？」

「因為招募大會。」只見波里克吸吸鼻，眼神銳利如鷹，「跟我的情緒無關。按照那個垃圾貴族的個性，最後肯定會糾纏不清，甚至影響招募大會，我和我的手下們要的是火燒岩礦石，而不是什麼阻礙我們的狗屁貴族，所以乾脆將他們完完全全從這座鎮上抹除——」

「真狠！」一旁的諾瑪假裝驚訝，手指閒不下來，想偷偷輕戳熟睡的蒂蕊，隨即被恩索夫一掌拍開。

「原來如此，但波里克大哥這麼做難保不會走漏風聲，畢竟出了這麼大的事……」

「就別再裝了吧！取得開採資格的是個從沒聽過的商會，叫什麼南方之心的。這跟你脫不了關係吧？」波里克的嗓音低得不能再低，隱隱透出不耐。

恩索夫稍稍愣住，緩緩開口，「波里克大哥是不是誤會了什麼？」

「別裝傻了，我的手下們可不只有這幾十個人，要挖一些關於你的消息並沒有這麼困難，所以，現在就看你的誠意了。」

「也是。」恩索夫哼哼幾聲，從斗篷內層掏出張白色小紙，上頭寫著「南方之心」、「恩索夫」，以及招募大會等字樣，像是匆忙之中隨隨便便抵在桌腳臨時寫上的，可另一面卻蓋上極為正式的紅色鋼印，反差極大，不知道該從哪一面看起。

「小弟我便是現任南方之心的負責人，請多多指教。」

「現任？」諾瑪微微歪頭，恩索夫手中小卡一分為二，遞過另一張給她，露齒而笑，「沒錯，前任負責人在今日……已經過了午夜，嚴格算起來應該是昨日上午，在前往甜蜜酒鎮的路上，不小心將他的商號跟採礦用具輸給了我，也就是說，甜蜜酒鎮的招募大會由我恩索夫全權負責。」

「這不就代表你在離開監獄的時候，早就確定——」

「不，應該是更早，」諾瑪打斷聲音逐漸拉高的波里克，揚起眉角，「在玩槍輪的時候，你就已經是南方之心的負責人了吧。」

「這樣說也是沒錯。」

「你到底想幹些什麼？身為招募大會的負責人，還主動挑起紛爭？」似乎認為自己被擺了一道，波里克雙目怒瞪，但仍極力克制怒氣，伸手將腰際槍套卸下，擔心一不小心擦槍走火，兩敗俱傷。

沒有絲毫歉意，恩索夫反倒有些得意，喜悅顯露臉龐，「我那時可是在救你。還有，我們的目標是一致的，就是礦坑裡的東西。對吧？」

「所以呢？」

「所以現階段我們具備所有可以出發採礦的要素，招募大會的負責人、巨犀身上一大堆開採器具、冒險者幫派與足以號令眾人的首領、以及善於靈機應變的聰明主持人。」只見恩索夫手掌朝上，介紹似的擺向杵在一旁的諾瑪，諾瑪眨眨眼，眼珠子咕溜溜打轉。

「這是在軍隊沒有前來鎮壓的前提之下，才有辦法按照原定計畫舉辦招募大會吧？」波里克仍處於不悅的狀態，但明顯消氣許多，彎腰撿起槍套。

「不，這就是我剛剛打算提出的想法。」

「要假裝一切正常。」諾瑪接話，恩索夫點點頭，繼續說道：「安薩里兄弟再怎麼有名，也不是每個人都清楚他們的樣貌和特徵——所以我負責扮演腓特安薩里，諾瑪主持大會、打暗號給所有人，而波里克大哥則負責行前準備以及周邊維安，我們要以最快的速度離開這裡，在軍隊起疑之前抵達礦坑，然後進行開採作業。」

「最快速度離開……？」波里克稍微思考了一會，皺眉提出疑問，「也就是我同時充當保安官與統籌所有雜務……等等，即便我們先到礦區又如何？如果在行進途中或是開採時事跡敗露，我們還是會遭到軍隊鎮壓吧？這只是時間早晚問題不是嗎？」

「不會的，只要解決掉通風報信的人就可以了。」

「怎麼說？」波里克反問。

「身為護衛隊小隊長，那位伊萊德有能力喚來軍隊這是無可厚非的，但是被保護的安薩里卻似乎沒有這樣的權限，他也沒有試圖利用軍隊來解決我們，也就是說，只有伊萊德一個人與護衛軍有所連結——」

「招募大會暨處刑大會。」諾瑪喃喃說道，露出恍然大悟的神情，「只要將伊萊德當作意圖對貴族不利的背叛者來處理，演齣戲給匆匆趕來、疲憊不堪的軍隊們看，事情就落幕了。」

「聰明！」恩索夫拍手稱讚，深怕驚動蒂蕊，迅速低頭確認她是否還熟睡後，眼角散發自信微光，「當著軍隊的面前，將意圖欺騙軍隊的反叛者處死，事情就會完美落幕，而且沒有人敢質疑身為貴族的安薩里——也就是我，至於死去的弟弟以及僕人，全推給伊萊德就好了。」

波里克輕輕喘了口氣，似笑非笑，黃板牙佔據大半張臉，「你這傢伙……我還真不知道有這麼陰險的方法！」

「不不不，這可不是陰險。」恩索夫食指左右揮動，接著放在雙唇之前，「只是盡我所能把這副牌給打好罷了。」

「哈哈哈哈，很好很好，那我們就開始行動吧！」

「嗯哼。」

眾人動作，開始進行準備工作，諾瑪往搭建得破破爛爛的舞台走去，波里克邊走邊填裝子彈，朝瑟縮在廣場另一側的安薩里僕從們移動，恩索夫則一屁股坐上木椅，斗篷裡翻出金黃染劑與短梳，打算將灰黑亂髮全染成安薩里兄弟的髮色。

距離日昇還有一些時間，原先負責整理場地的冒險者們愈加勤奮，清除雜物同時闖入廣場附近建築，尋找適合防禦與埋伏之處。後勤部門將補給品與醫療器材運至散落在甜蜜酒鎮各處隱密的安全屋中，另一群人前往燒毀的貴族行館撲滅殘火、進駐鎮長官邸、在鎮上大門與深入城鎮的重要道路旁藏設炸藥，以及最重要的：卸下伊萊德，將他綁上舞台中央，安薩里留在原處交給波里克處理。

波里克的槍管連續擊發數槍之後仍冒著煙，微微發紅，他轉身走回廣場，腓特安薩里直至此刻才稍稍轉醒，渾身發冷顫抖。

「有什麼遺言嗎？」

「你……你們這群……」

「你說得太慢了，我沒有耐心，尤其對你這樣的垃圾。」

舉槍，扣擊扳機，射出最後一顆子彈。

正中紅心。

第七章　放逐者

艾斯艾爾清醒過來時，身下仍是硬梆梆躺椅，甜蜜酒鎮的粗陋房舍與髒亂街道毫無保留進到他眼中，再來才是潔白牆面構成的外框，透明窗玻璃印上了幾個髒兮兮的手痕印，左側是佔滿牆面的巨大尺寸掛畫，畫著這個世界的創始過程，右側則堆滿各種動物標本，體積由大至小一字排開。

他來過這裡。沒記錯的話，這裡是鎮長官邸的收藏間。

腦袋仍有些昏昏沉沉，遠處天色漸亮，只剩月亮的半邊屁股還掛在空中，他依稀記得昏睡前的最後畫面，長頭髮的女人指尖就像槍管一樣，毫無預兆射出銀色長針。

艾斯艾爾打了個冷顫，下意識檢查身上物品，沾染陳年血漬的鐵鍊與手銬仍繫在腰際，短棍安穩擺放在長靴旁，身後忽然傳來窸窸窣窣聲響，他迅速扭過頭，野豬頭阿毛蹲在門口旁，狼吞虎嚥啃著肉排。

或許是聞到食物氣味，艾斯艾爾肚子不爭氣的咕嚕作響，阿毛歪頭甩耳，一口吞下大骨，喀滋喀滋咬得粉碎，同時起身走到他身邊，遞出另一根帶肉大骨。

「保安官，肚子餓了？」

艾斯艾爾遲疑了一下，手停在半空，可因整夜不曾進食而產生的飢餓感實在過於濃烈，上腹部隱隱作痛，只好先向生理需求妥協，輕握油膩骨頭。

「謝謝。」

「保安官果然比較有禮貌，跟我們這些流浪冒險者不一樣。」阿毛發出嘿嘿嘿的喘氣聲，寬大舌頭自嘴角掉出，滴垂唾液，看起來傻不隆咚，艾斯艾爾從大骨最上緣包覆的肉塊開始咬起，肉汁流淌，虎口又濕又黏。

雖然對方是潛在犯罪成員，但受過阿毛許多幫助的艾斯艾爾知道他並非惡人，頂多只是惡徒身邊聽令行事的小跟班，況且自己曾不分青紅皂白暴打過對方一棍，心中多少有些愧疚。

因此艾斯艾爾放輕聲音，開口溫柔問道：「我睡了多久？」

「很久了！天都快亮了！」

假裝沒發現阿毛充滿期待的圓滾滾眼珠，飢餓難耐的艾斯艾爾快速嗑起大骨，腦袋同時運轉了起來。

「其他人呢？」

「沒有其他人！波里克大哥要我送保安官到安全的地方。」

「為什……」

因為要將礙事的傢伙排除在外。

答案在提出疑問前便清晰浮現腦海之中，艾斯艾爾忽然食慾全消，停止動作，低頭看著手中還殘留許多筋肉的骨頭，瞇起雙眼，「你想吃嗎？」

「想！」阿毛朗聲回答，雙足踏地，近乎撲上前去抓取大骨，卻又忽然在半空中停下動作，縮起身子，退至鐵戟熊標本垂下的巨掌旁，吊起雙眼，就像做錯事準備受罰的可憐小寵物。

「怎麼了？」

「波里克大哥有交代，不能虧待保安官。那是要給保安官的食物，我不能貪吃。」

「波里克那傢伙……」怒氣莫名自心底升起，波里克要求阿毛準備食物給艾斯艾爾，對艾斯艾爾來說是件好事沒錯，但阿毛如此害怕，肯定平常吃了不少苦——

「保安官！別誤會！」

雖然眼珠子不由自主緊盯艾斯艾爾手裡食物，阿毛仍急忙出聲，打算替波里克辯解，和方才擔心受罰的神情全然不同，「波里克大哥不是保安官想的那樣！」

「那是怎樣？」

「波里克大哥不是壞人！」

「不是壞人？」阿毛的語句倒令艾斯艾爾有些難以理解，他知道作惡多端的人總有自己一套邏輯與說詞，可如此為惡人辯解的行為通常只會出現在受騙上當的可憐蟲，或是同為惡徒的犯罪者身上。

維持甜蜜酒鎮的治安這麼久的時間，艾斯艾爾感覺不出阿毛身上有任何一絲邪惡氣息，更多的是率直與忠誠，這樣的傢伙竟然會為波里克那混蛋開脫？

「我們當初差點在骨藻湖被殺死的時候，就是波里克大哥出手相救的！」

「你們？骨藻湖？你是說更西邊沙漠那邊那個湖？」

「對！就是那裡！」

「你們怎樣？」

「就我和我的兄弟們啊，你跟腓特安薩里打架的時候一起幫你的那些！他們是我的兄弟，雖然我們都沒有媽媽，也不知道爸爸是誰，但族裡的老人說他們都是我的兄弟！我們從北方丘陵那邊來的，老大是……」

「你們在骨藻湖發生了什麼事？」艾斯艾爾提問打斷阿毛的滔滔不絕，他不想知道太多瑣碎且用處不大的資訊，也對其他獸頭不感興趣，「波里克救了你們？」

「對！我們當初好不容易才挖到骨藻湖的寶物，全身髒兮兮，又累又狼狽，卻又被埋伏在附近的強盜襲擊，是剛好經過的波里克大哥趕走他們，而且我們還去了強盜佔領的村莊，把被他們威脅的居民都救了出來！」

「為什麼他會這樣……」

「因為波里克大哥不是壞人啊！他看起來很壞沒錯，講話也大聲，很粗魯又沒什麼水準，該殺人的時候決不會手下留情，但是他跟那個貴族不一樣，他不會殺無辜的人，他的心裡面有自己的判斷標準啦！」

「標準……？」

阿毛越說越激動，近乎嚎叫出聲，坐在椅上的艾斯艾爾卻眉頭緊鎖，陷入另一種全然不同的情緒中，冒險者崇尚義氣與強大是不爭的事實，但這樣也算是正義，而不是為了一己之私或逞一時之快嗎？

那自己堅持將犯罪者繩之以法，對其他人來說，是不是正義？

如果兩者都是正義，顯然會產生相互牴觸的情況，可如果都不是正義，自己堅持這麼久是為了什麼？長年睡眠不足，無論日夜皆無法休息，不管酷暑或是寒冬都在外頭奔波，捉捕罪犯，為的又是什麼？

似乎察覺艾斯艾爾神色有異，阿毛閉上嘴巴，歪頭看著眼前仍舊有些虛弱的保安官，而艾斯艾爾像尊雕像杵在原地，過了許久才發出微弱聲響。

「阿毛。」

「咦！保安官知道我的名字？對，我叫阿毛，怎麼了嗎？」

「我跟波里克比起來，你覺得……我有做錯什麼事嗎？」

「錯事？」阿毛的舌頭再度從嘴邊掉了出來，又長又紅，隨著喘氣晃啊晃的，他不太懂艾斯艾爾的意思，艾斯艾爾也沒多作解釋，想了想，將手中大骨遞向前去。

「給你吧，我吃不下了。」

「真的嗎？」

「嗯。」

「那我就吃了喔！」雙眼閃閃發光的阿毛迫不及待奪下骨頭，大口大口啃咬起來，肉汁灑得全身都是。

「吃吧。」靠回躺椅，艾斯艾爾擦去手上油膩，包裹紗布的左手仍隱隱作痛，少了半邊手掌之後沒辦法同時使用鐵鍊與短棍，或許得改為先迅速將現行犯敲昏的策略……

艾斯艾爾胡思亂想著，窗外天色又更亮了些，雙腳因久坐而陣陣酥麻，他伸伸懶腰，站起身來。

原先專注啃著肉骨的阿毛寒毛瞬間豎起，眼神警戒，全然不似剛剛憨厚老實，上下顎咀嚼速度漸漸變慢，謹慎盯著艾斯艾爾一舉一動。

「怎麼了？」

「……沒什麼，保安官。我的工作是好好看住你，不讓你亂跑。」

「因為波里克覺得我很煩吧。」

艾斯艾爾邊說邊伸展四肢，雖然左手不太能使力，但精神還算不錯，托那女人的福好好睡了一覺，得以讓身體在休息期間修復操勞過度的部分。

「不是！波里克大哥有他的考量，所以希望保安官待在這裡好好休息，別太勞累了！」

「是嗎？」

「對！」語氣堅定，聽不出阿毛有半句謊言，艾斯艾爾輕嘆口氣，彎腰撿起黑色短棍。

「不行！保安官，你要乖乖待在這裡！」

「我知道。」

「你不能……」

「阿毛。」

「什麼事？」

「今天稍早的時候，有人問我是不是這座城鎮的律法。」

「所以？」阿毛仍不明白，舌頭偷舔了幾下骨頭，但隨即準備出手制服蠢蠢欲動的艾斯艾爾。

「或許我不是，但我希望我是。」

「我聽不懂——」

哐啷！

短棍出手，一擊砸碎窗玻璃，玻璃碎片噴濺，劃傷艾斯艾爾手指與臉頰，他沒有停下，拱身架開撲向前來的阿毛，彎腰抬腿跨上窗沿，清晨冷風撫面，使他精神為之一振。

跳躍，奔跑，離開鎮長官邸不到一刻鐘，艾斯艾爾使盡全力，撂倒了超過十八個埋伏在暗處的可疑傢伙，他認得他們，沒意外的話全是波里克手下，有些人昨夜還進過保安官辦公室的牢房，他們每個都透出整夜未曾闔眼的疲憊，卻又同時繃緊神經，半是興奮半是緊張。

「我會拯救我自己的城鎮，不能讓他們這樣亂搞！」艾斯艾爾憤憤想著，竄進樓與樓之間的陰影裡，經過這一段路之後，他大致摸清波里克手下們的配置，通常兩人或三人一組，躲藏在主要幹道的兩側，巷子裡的拿網子或炸藥，二樓則以槍械為主，而頂樓除了槍械外，還多了一些火砲之類的大規模殺傷性武器，應該是為了對付即將到臨的軍隊而做的準備。

他決定先上高處偵查，選了條暗巷裡的垃圾箱緊鄰矮牆，矮牆延伸至二樓窗台，窗台後頭是牆面斑駁走道，走道盡頭站了個昏昏欲睡的邋遢冒險者，艾斯艾爾放輕腳步，壓低身體迅速前進，一棍打向他的後腦，另一手布料將驚呼聲壓回喉嚨，再捧著他發臭的身軀，安放在一旁地上。

門通往房間，房間內還有兩名冒險者，吧喳吧喳大口啃著乾麵包，艾斯艾爾稍稍檢查左手傷勢，確認不再滲出血後，自門口迅速閃入，第一擊將背對自己的那個可憐蟲打趴在地，再劊飛撲上前來的另一個，並將他從空中擊落，然後多補上幾棍，確保他們無法爬起。

天色明顯比出發時明亮，遠處沙塵飛舞，是軍隊嗎？如果是的話，應該很快就會來到這座城鎮，他必須加緊腳步，阻止波里克那幫惡徒的計畫，然後讓軍隊在大肆燒殺擄掠前停止動作，撤退離開。

雖然不確定他們的詳細計畫，但幾個小時前聽見的片段內容艾斯艾爾仍牢牢記在心上，「他們想擊敗軍隊。」

面對王城的精銳護衛軍，竟然產生逃跑以外的念頭，要不是腦袋有些問題，就是想出了能逃過一劫的卑鄙計策，而他們那幫惡棍之中，除了熱愛搬弄是非與詭辯的恩索夫之外，還有個邊微笑邊出手偷襲的諾瑪，在這樣下去，肯定會將事態引向最最糟糕的情況！

確認倒地的兩人陷入昏迷之後，艾斯艾爾起身前往下一個波里克手下的據點，路上已開始湧現冒險者們，他們陸陸續續離開酒吧或垃圾堆，氣氛熱絡，人人都是意猶未盡與睡意交雜的表情。

為避免頂樓駐守者發現，艾斯艾爾自廊道窗戶爬出，躍進隔壁建築物二樓，離廣場還有一小段距離，他沒有很明確的作戰計畫，目前只有先抵達招募大會現場制高點的想法，然後以甜蜜酒鎮的保安官身分揭發波里克一夥，應該就能藉群眾之力，先暫緩這個荒謬的活動，接著再與軍隊首領交涉，將他們請出城鎮。

撂倒隔壁棟的波里克手下，移動，攀上建築物外的鐵架，打昏另外兩個拿長槍的傢伙，艾斯艾爾進展順利，再差幾棟就能進到廣場後方，他並沒有因此大意，按照過往經驗，這時才是最重要的——

外頭忽地槍聲大作，持續了整整一分半鐘。

艾斯艾爾有些訝異，但礙於窗框遮蔽與角度，他無法看清楚廣場上發生了什麼事，別的城鎮舉辦的招募大會嚴禁攜帶武器參加，難不成是冒險者們意識到籌辦者是波里克，驚覺事有蹊蹺，進而群起圍攻……

「阿毛果然沒辦法勝任這樣的工作，我有些太低估你了，保安官。」

艾斯艾爾將視線自窗口縫隙拉回，走廊的另一端站著的彪形大漢否定了他的想法，單手撫著腰際槍套，另一隻手臂則自然下垂，手指來回抓握，彷彿是為接下來的衝突熱身一般。

波里克。

稍微出乎艾斯艾爾的意料，但除了將他打倒外，也沒有其他辦法了。

「你們又在變什麼把戲？」

「這不是把戲，」波里克語調低沉，比過往帶著更濃烈的殺氣，嘴角微微抽動，「保安官，我們是在拯救這座城鎮，使它免於從日落之處地圖之上被抹除的命運。」

「拯救？開什麼玩笑？」艾斯艾爾嗤之以鼻，將腰間鐵鍊牢牢綁在左手前臂，拾起短棍，

「你們是破壞甜蜜酒鎮秩序的罪犯。」

「罪犯就沒辦法拯救城鎮？」

「至少我覺得你們沒辦法。」

鐵鍊拖地，艾斯艾爾將短　舉在胸前，準備衝向波里克，波里克扭扭脖子，發出喀啦喀拉的關節聲，抽出早已填裝好子彈的短槍。

「真是礙事，我那些沒有回報狀況的部下，應該也是保安官幹的？」

「是又怎樣？」

「唉，」波里克嘆了口氣，搔搔下顎，「保安官，你應該知道自己為什麼會被麻醉弄昏，然後送到鎮長官邸去吧？」

「因為你們是陰險惡毒的罪犯。」

「不，因為你的存在會讓我們什麼事也做不了，包括減少無謂犧牲，」不僅是語調，波里克似乎連表情也沉入黑暗之中，他低著頭，只露出一雙吊起的血絲紅眼，「我們是要幹大事的人。」

「你們只是暴徒。」

語畢，雙方同時動作，波里克的手速比艾斯艾爾的衝刺更快，槍口連續射出三發子彈，而艾斯艾爾左手將鐵鍊甩出，刮搔廊道牆面同時在空中構成複雜大網，一口氣擋下所有子彈，發出巨

大金屬碰撞聲。

被子彈擊中的鐵鍊冒出火花與小爆炸，向後彈往艾斯艾爾身上，只見他短棍一撥，借力使力，動作流暢將鍊條全數撥往後方，但等在他前方的，是開槍之後果斷邁開步伐的波里克，巨拳揮動，直搗艾斯艾爾鼻頭。

艾斯艾爾並沒有因此退縮，面頰感受拳風壓進時便立即側過身子，右腳踩地出力，鑽進波里克右臂與壯碩身軀構成的直角之中，揚起短棍，碰！

短棍承受了極大衝擊，差點自他手中飛出，波里克不知何時將短槍移至左手，自腰際處扣下扳機，艾斯艾爾大感不妙，再次甩出左手鐵鍊，由下而上，試圖轉移波里克注意。

但波里克沒有打算停下，右半身承受鐵鍊擊打纏繞同時扣動扳機，剩下兩發子彈穿進艾斯艾爾腹部，他吃痛悶哼幾聲，但沒有遲疑，一棒揮中波里克下顎。

碰。

波里克沒料到對方竟然能忍受槍彈造成的痛楚，重心不穩摔向右側，偷工減料的薄牆被撞開一個大洞，霎時煙霧迷漫，艾斯艾爾吐出一口髒血，跳上波里克胸膛，短棍對準臉部就是一陣猛打，鮮血四濺，斷齒亂飛。

外頭亂哄哄的，爆出噓聲與吼聲，艾斯艾爾沒有多餘心力注意其他事情，瞬間過於劇烈的運動與子彈使他氣喘吁吁，隨時都會將肺給呼出體外，他壓著傷口，半靠半癱在波里克身上，口水無法克制的自嘴角滴落。

波里克仍有些許意識，用僅存力氣怒目瞪著艾斯艾爾，艾斯艾爾自波里克身上摸出短刀，試圖割開衣物，仔細確認傷勢，或許是為了分散痛楚，他像是拋出話題一般，開始低頭唸唸有詞。

「你知道嗎？雖然你是個罪犯，但對阿毛來說，你卻是正義的化身……對，因為你救了他跟他的兄弟們……這不就是說，明明壞事做盡，還是有可能被當作正義使者嗎？」

艾斯艾爾撕下包裹左手的一段紗布，緊緊壓住傷口，擦去額頭無數豆大汗珠後，隨手將短刀插進褲管外袋。

「呃……可惡……但是，我一直是這個鎮上的保安官，我抓過不知道多少個通緝犯與現行犯，都是些罪該萬死的垃圾傢伙，為什麼你們還會質疑我的正當性……覺得我無法真正代表正義？明明你們都是邪門歪道，不是嗎？我沒有說錯吧？」

波里克雙眉豎起，沒有應答，大口喘著粗氣，第二發子彈穿透較深，如果沒有保安官的特製外衣保護，內臟大概早就破裂碎成無數小塊，艾斯艾爾哀號幾聲，才終於止住傷口的鮮血直流。

「所以，只有我有辦法維持秩序……只有我能拯救甜蜜酒鎮，你們的行動都是多餘的——」

「你們犯下了重罪！」窗外忽然傳來雄厚的男人吼聲，蓋過所有吵雜，「現在，本護送專隊，以殺害貴族等諸多罪嫌，進行肅清！」

接著是眾人朗聲，響徹雲霄。

「肅清開始！」

第八章　鎮壓者

招募大會於天色乍亮之時，正式揭開序幕。

幾乎所有仍未醉倒的冒險者們都聚集過來了，廣場陷入某種充溢欣喜與緊張的半混亂狀態，但在推擠之中見到現場情況後噓聲四起，眾人或是彼此交頭接耳，或是出聲吆喝咒罵，不確定到底發生了什麼事。

破爛舞台上頭雖掛著寫有「招募大會」字樣的紅布，中央木柱卻綁了個男人，左腿佈滿乾涸血液，頭頸低垂，不知是死是活，正當眾人疑惑湧起，逐漸轉為不滿之時，舞台右側緩緩步出一位金髮男子，袖口露出銀亮刀尖，另一手高舉短槍。

「各位冒險者們！歡迎參加此次甜蜜酒鎮的『採礦團勇者招募大會』！」恩索夫稍稍停頓，拉高音量，「但是在這之前，我們得先處理一件事情！」

疑惑瞬間轉為焦躁與不滿，罵聲四起，甚至將半罐酒瓶與破衣破褲直接扔上舞台，玻璃碎裂滿地。

「什麼事情啦！」

「你誰啊？」

「還我招募大會啦，不要作秀啦！」

「下台！下台！下台！下台！下台！」

「滾去一邊啦——」

爆炸聲轟然打斷抱怨，眾人一時錯愕不已，抬頭張望，不知打哪來的小女孩站在矮房屋頂上，頭戴奇特鹿角帽，肩膀扛了管比自己還高的火砲，砲口冒出陣陣白煙，而改變造型的恩索夫抓準時機，繼續說了下去。

「這件事不處理，不只招募大會，可能連火燒岩礦石也採不了啊！」

「啊？」

不給眾人時間反應，恩索夫槍管輕戳虛弱男人，迅速開口，「這個人！是個叫做伊萊德的卑鄙賤種！他昨天晚上，殺了……殺了來自王城的貴族霍特安薩里，也就是我腓特安薩里的弟弟！除此之外，我們身邊隨行的所有僕人也都被他殺了！若非勇猛頑強的波里克大哥及時趕到，後果不堪設想啊！」

廣場登時陷入一片沉默，尷尬滿溢而出，稍有骨氣的冒險者們總認為平時惹人嫌的貴族子弟最好全死一死，絕對不會想跟他們有所牽連，同樣的，腦袋若清楚一些，也不想與之正面衝突，除了幾個發酒瘋的傢伙大喊「貴族滾一邊去啦！」與「誰管你弟弟死活啊！」之外，廣場中數百人，竟一時全安靜了下來。

所有人的動作停在半空之中，不知該抬起手繼續叫罵，還是放下手摸摸鼻子，靜觀其變。

喬裝成緋特安薩里的恩索夫並不太在乎台下狀況，仍表情悲憤，法令紋微微抽動，眼淚自眼角流出時槍口指向柱子上的伊萊德，「我們安薩里兄弟，是這次採礦團招募大會的贊助者啊！如果我也不幸被這傢伙給殺死，那大家不就沒有辦法前去採礦了嗎？」

或許是聽見了「無法採礦」這樣的關鍵字詞，台下眾人譁然，局勢瞬間改變，嘩啦啦一面倒向恩索夫，不再有醉漢胡亂叫喊著「死下台！」、「還我招募大會！」，取而代之的是每一位冒險者們發自內心的吶喊。

「媽的壞傢伙，活該啦！」

「還不快死一死！」

「想破壞我們的招募大會就說啊！」

「日落之處就是有你這種人，才會讓大家越來越難過日子！」

「還好安薩里大人您還活得好好的！」

「為您的弟弟默哀啊！」

騷動持續了好一陣子才稍稍平息，恩索夫低頭不語，將食指放入短槍的護弓中，對著柱子上的男人猛然扣發，連續三發子彈穿透他的側腹，鮮血伴隨身體顫抖扭曲四濺，他卻連一絲絲哀號的力氣也沒有。

冒險者們大聲叫好，直呼過癮，有些甚至舉起了自己的槍，對著天空亂射，而恩索夫滿臉哀戚，微微彎腰，對數以百計的觀眾張開雙臂。

「讓我們來制裁這樣邪惡的壞蛋吧！所有人拿出你的槍啊，對著這垃圾開槍吧！如此一來，在這結束之後，就能正式進入我們的招募大會了！」

每個冒險者都拿出了自己的槍躍躍欲試，填裝火藥槍彈，隨時準備將伊萊德送入死亡深淵，恩索夫則在此時跳下舞台，對著灰濛一片的天空扣下扳機。

「大家請替天行道！殺了這個邪惡的混蛋！」

如同某種暗號一般，霎時槍聲大作，彷彿射擊測驗開始，必須將子彈確實射在伊萊德身上，才有資格進入下一階段，成為採礦團的一員。因此每位冒險者死命扣發扳機，亮光一次又一次激閃，直到槍口冒煙發紅，直到彈巢內子彈射罄。直到舞台後方牆面坑坑疤疤，長木樁斷裂，隨著伊萊德滿布窟窿與血紅的身軀向後倒下，才爆出今日的第一聲喝采。

「好啊！」

兩側工作人員乘勢將破布充當彩帶，大把大把撒上半空，同時迅速將屍體搬離現場，歡呼叫嚷聲四起，身為主持人的諾瑪此時登上舞台，裙襬似乎刻意整理過，比前一晚短了不少，露出大片白晰大腿，不仔細看根本無從分辨是不是義肢，但無所謂，已足夠吸引冒險者們貪婪的目光追隨。

「各位親愛的冒險者們！就讓我們正式進入眾所期待，今天的重頭戲！採礦團人員招募！」

諾瑪的聲音高亢，雙手高舉揮動，冒險者們各個熱血激昂，反應熱烈，發出隨時會將甜蜜酒鎮給掀翻的嘈雜鼓譟，方才公開處刑戲碼對他們來說只是開胃菜，開展在眼前的道路即將通往大把大把火紅礦石與取用不盡的財富，沒有人能夠阻止他們前進，沒有人能夠搶走屬於他們的寶物。

「報名方法非常簡單，只要將你的大名寫在我左手邊，工作人員準備的紙張上，就可以了！」諾瑪從衣服夾層抽出一張蓋上諸多大印的羊皮紙，右臂揮下，臉上掛著迷人笑容，「有鑑於所有冒險者們都等這張開採許可非常非常久了，以及火燒岩礦石的預估產量比想像中多了不少，因此，只要報名參加的冒險者們，全部都可以加入採礦團！」

「什麼！」

「真的嗎？」

「真的！絕對是真的！沒有測驗，只要在報名表上簽名，就可以和我們一起前去採集火燒岩礦石喔！」

「欸騙人的吧！」

「太棒啦——」

歡聲雷動，如同沙漠中找到泉水的旅行者一般，數百個髒兮兮的臉龐笑容洋溢，雙眼閃耀光芒，頂著獸頭的與矮小壯碩的熱情擊掌，黑髮大叔與棕髮小夥子胸膛碰胸膛，一箱箱酒水再度從四面八方運進廣場，準備一路喝到礦場——

蹄聲噠噠噠噠、噠噠噠噠。

蓋過眾人歡欣，沙塵揚起，如浪般席捲整座甜蜜酒鎮，廣場上的冒險者們從聽見聲響至看見裝備精良的軍隊士兵，也才不過十幾秒的時間，氣氛卻急轉直下，自天堂墜入地獄。

面面相覷取代歡欣鼓舞，冷眼觀察取代熱情擁抱。

諾瑪瞥了眼廣場對面建築物的二樓窗戶，原先該坐鎮於那兒的波里克不見蹤影，照理說不應該一口氣放那麼多軍隊士兵進到廣場周邊，原先佈好的配置與計畫全亂了套。

難不成自小鎮門口沿途設立的人員跟關卡都被破解了？

軍隊最前方的男人就像岩石雕刻而成的，面無表情盯著眼前混亂的半脫序場景，不發一語，散發北方丘陵頂端的冰雪氣息，而他身下的壯碩巨馬毛髮蓬亂，時不時抬腿踩踏地面，隨時會衝向離牠最近的倒楣鬼。

「哎呀！歡迎歡迎，這不是令人聞風喪膽的護送專隊嗎？」

諾瑪對著眼前一大群嚴肅男人露齒而笑，嗓音甜膩，恩索夫也跳上舞台，高抬下巴，斜眼睨著這群不速之客。

「你們也太慢了吧！我已經解決掉那可惡的叛徒了，但是霍特他……」

「安薩里大人們在哪裡？」

冰冷男人的聲音如同大地震動般低沉，接著拔出腰際寬劍，指向舞台上的兩人，「本人黑林格爾，是為東方王城日落之處開發暨探險大隊，王城護送專隊大隊長，再問你們一次。」

他的語句停頓在微妙之處，排在身後的數百位兵士動作整齊劃一，同時抽出寬劍，劍尖斜前刺出，等待黑林格爾將話說完。

「安薩里大人們在哪裡？」

「你在說什麼東西？我就是你們的安薩里大人，腓特安薩里！」恩索夫皺起眉頭，不悅之情全寫在臉上，「你什麼時候有資格質疑我了啊？還是說，我前幾天先私自跑來讓你有什麼不滿？」

考慮到腓特安薩里與黑林格爾之間或許認識，可能會有些稱謂上的差異，恩索夫刻意不提對方的名字或稱謂，和幾分鐘前的熱絡截然不同，台下一片沉寂，面面相覷，等待兩人之間的對談有個像樣結論。

「我們安薩里大人，並非你這種粗鄙之人模仿得來的。」

「喔喔？所以，你這個狂妄的垃圾有辦法知道本人是假冒的，而不是忽然想要主持招募大會的腓特安薩里？」

「即便是一時興起，安薩里大人也絕不會與這些低俗的骯髒冒險者們一同起鬨，」黑林格爾態度堅定，語氣依舊冷淡如冰，「他甚至不屑與你們呼吸一樣的空氣。」

話語一出，廣場再度陷入吵雜，可這次是激憤滿溢，加上粗臂揮舞，髒話齊飛，「搞屁喔！說什麼鬼話啦！」

「瞧不起人也要有個限度吧！」

「你現在不也跟我們呼吸一樣的空氣嗎臭貴族！」

「去死啦！哪有贊助招募大會的人自己排斥招募大會的啦！」

「所以吵完沒？到底要不要繼續？」

眼見眾人不滿情緒愈加高漲，即將陷入一團混亂，恩索夫趕緊高舉右手，袖中長劍刺向半空，在初升日頭下燁燁發光。

無數眼珠重新聚焦回恩索夫身上，他清清喉嚨，長劍甩下，直指黑林格爾，看起來就像和軍隊兵士們斜指而出的寬劍相互對峙，「所以說，你現在要中斷採礦團勇者招募大會嗎？」

「低賤人種的爛活動，我們並不在意。」

「你他媽——」

「閉嘴啦拿劍的廢物！有種下來單挑啊！啊？」

「現在是要跟我們好好幹上一架就是了？」

「你叫黑林格爾？黑你老母啦！」

「好了！」遞給恩索夫喇叭形狀的揚聲器，諾瑪自舞台後方一躍而下，閃身進到建築物的隙縫之中，恩索夫與護衛隊兵士差不多時間放下高舉的手，開口阻止冒險者們的隆隆罵聲。

「我不確定你是吃錯什麼藥，壯起狗膽質疑我朏特安薩里，那個想暗殺我的叛徒我處理掉了，我弟弟的葬禮也準備就緒了，現在採礦團招募大會正要開始，你卻率領護衛軍來阻撓……你啊，是不是想叛變啊？」

「原來是叛亂份子！」

「叛亂者竟然還敢對我們這些努力打拼事業的人說三道四，要不要臉啊！」

「安薩里大人，管好你的部下啦！」

「垃圾護衛軍！只會遲到、不務正業跟顛倒是非——」

「荒謬。」似乎早已熟悉如此冷嘲熱諷與責怪，黑林格爾只簡短吐出兩字，沉默半晌，才加大音量繼續說道，「昨夜伊萊德……我們王城護送專隊的第三隊小隊長在被你們這群下賤牲畜俘虜時，便已傳遞訊息告訴我們狀況，而我們也已做好最壞準備。」

「什麼樣的最壞準備？破壞招募大會進行？」恩索夫仍高高抬起下顎，語氣酸溜溜，完完全全是個高傲貴族會有的樣子。

「問你們最後一次，安薩里大人們在哪裡？」

無視恩索夫提問，黑林格爾再度舉起寬劍，執意提出同樣問題，或許受夠了這頑固煩人的傢伙，冒險者們各個搶著回答。

「在我的屁股裡啦！」

「滾啦！就說台上是安薩里大人了！要問幾次？」

「不要妨礙大會進行——」

「你們犯下了重罪！」得不到合適答覆，黑林格爾打斷眾人，吼聲誇張雄厚，壓過現場所有聲音，彷彿體內裝載巨大警鐘，在每個人耳中噹噹作響，「現在，本護送專隊，以殺害貴族等諸多罪嫌，進行肅清！」

話語殘聲尚未完全結束，在他身後的眾兵士同樣大吼出聲。

「肅清開始！」

不僅是護衛軍，廣場裡的冒險者們也紛紛掏出武器，邁開步伐，或是逃竄、或是前去對抗馬匹上的敵人，槍聲再次響徹甜蜜酒鎮的天空，吼叫呼喊四起，刀劍交錯斬擊。

黑林格爾的目標則是舞台上的恩索夫，雙腿猛力往巨馬腹部一夾，用足以揚起大量沙塵的速度直衝而去，掃開試圖接近的冒險者，撞碎行徑路線上所有阻礙。

恩索夫似乎早料見事態會如此發展，嘆了口氣，將長劍扔向一旁，伸手打了個響指，另一隻手高舉揚聲器，「各位冒險者們！如果我們把這幫破壞招募大會的混蛋們給擊退，就直接前往火藥岩礦的礦坑，你們說好不好啊！」

台下爆出歡呼，反抗軍隊的人一邊揮舞刀械一邊熱切回應，扣下扳機同時髒話與笑聲齊飛。

「好！」

「當然啊！去死吧臭貴族！」

「王城的走狗，別想阻撓我挖礦啊混帳東西！」

「大夥兒跟著我衝啊啊啊——」

「掩護我，我現在就去把那傢伙幹掉！」

「火燒岩礦石等等我啊——」

轟。

火砲刺眼，穿越廣場上空，在猛衝的巨馬胸口炸出一個血肉模糊的窟窿，位處頂樓的蒂蕊向後翻滾了幾圈，隨即起身裝填新彈藥，尋找下一個犧牲者，而黑林格爾並未因身下巨馬踉蹌倒地而減低速度，反而立刻改變姿勢，腳踩馬背，舉劍高高躍起。

不等黑林格爾落地，恩索夫脫去掛滿裝飾的上衣朝對方扔去，同時拔出兩把手槍，拔腿就跑。

即便被衣物遮去視線，黑林格爾的寬劍仍一擊劈裂木製舞台，碎屑亂射，發出轟然巨響，完全超越這類劍型武器能發出的威力。

如果是正面衝突，獲勝的機率實在過於渺茫，恩索夫回頭射了兩槍，決定暫時躲進暗巷之中，黑林格爾並不死心，揮舞長劍追向前去，包覆藍色光芒的寬劍將他周圍磚牆砍得坑坑巴巴，劍圍之內皆成碎塊，無堅不摧。

原以為狹窄空間能稍稍限制住黑林格爾的行動，但似乎不是這麼一回事，恩索夫大感不妙，左拐右彎，試圖在複雜巷弄之中甩開對方，可黑林格爾緊緊跟在身後，不容許他停下腳步稍作喘息。

「諾瑪！」

「來囉！」

兩人身後傳來柔美女聲應答，稍早先行離開的諾瑪自二樓現身，十指伸直齊發銀色長針，可黑林格爾反應更快，猛然回身，唰唰幾下將暗器全數斬落。

雖然偷襲沒有成功，但已製造出足夠空隙，恩索夫同樣轉過身子，拋出裝滿烈酒的牛角杯，接著擊發子彈。

杯身碎裂，迅速燃起濃烈火焰，纏上黑林格爾的銀亮鎧甲，恩索夫抓緊機會，死命朝他身上開槍，頓時槍聲迴盪窄巷，紅光激射。

「就只有這點能耐嗎？拙劣的偽裝者。」

「什……什麼？」

即便皮膚燒焦味衝鼻，黑林格爾並未如預期般倒下，反而是大喝一聲，腳步穩健朝恩索夫走去，另一側的恩索夫則因劇烈奔跑後突然停下腳步，臉色痛苦，氣喘吁吁，向後跌坐在地。而二樓的諾瑪不知道發生了什麼事，忽地高聲尖叫，消失在二樓窗台。

「對王城的貴族出手的時候，你應該就已經知道會有什麼後果了！」

「知道後果又怎樣？在我死之前，後果是隨時可以改變的不是嗎？」恩索夫坐在地上，大聲反駁。

「那這樣被我砍死，就是你的後果！」

黑林格爾厲聲怒吼，大步走至恩索夫面前，高舉寬劍，陰影將他團團籠罩，「你就下地獄之後再好好反省自身錯誤吧！」

揮劍。

爆炸聲灌滿耳道，強力火焰截斷黑林格爾的攻勢，他「呃！」了一聲，被爆炸威力炸退好幾步，粗壯雙腿因衝擊微微顫動，戴著鹿角帽的小孩自上頭跳下，在兩人中間輕輕落地，面無表情，緊接著又是一發火砲。

「蒂蕊！」

沒有應答，蒂蕊看也不看地上的恩索夫一眼，砲管架地，熟練地填裝彈藥，邁步向巍然不動的黑林格爾衝去。

第九章 反抗者

眾人吼聲震天撼地，嚇了艾斯艾爾一跳，兩方人馬似乎迅速展開戰鬥，刀劍碰撞與槍聲、爆破聲攪和在一塊，成為某種佔據耳朵不放的惱人轟隆，他撐起身體，單手扶牆，靠向佈滿坑洞的窗邊查看。

即便訓練與裝備皆占優勢，護衛軍看起來並未完完全全壓著冒險者們打，或許是冒險者們打算藉此發洩招募大會被迫中斷的怒氣，每個人都卯起勁衝鋒陷陣，也有可能是冒險者們的精神領袖仍氣定神閒，站在舞台上高舉長劍，一頭金髮就像剛染上去一般閃亮耀眼。

只見他不慌不忙拿起揚聲器，張嘴大聲叫道：「各位冒險者們！如果我們把這幫破壞招募大會的混蛋們給擊退，就直接前往火藥岩礦的礦坑，你們說好不好啊！」

眾人歡呼，配合來自頂樓的火砲掩護，各個面露獰笑砍殺敵人，艾斯艾爾知道這是某種暫時性的狂喜，頂多只能讓人自我感覺良好一陣子，實力有無提升倒是不得而知——

騎著壯碩巨馬的首領似乎不在意對手鬥志如何激昂，揮舞寬劍，掃蕩所有湧上的冒險者們，即便橫越廣場的火砲擊中身下坐騎，他仍毫無畏懼，飛身而起，一劍劈壞粗陋舞台。

艾斯艾爾認得勢如破竹的黑林格爾，幾年前護衛軍為應付貴族任性要求，曾短暫駐紮於甜蜜酒鎮，那時他還未擔任大隊長，卻已經擁有極為貼切的稱號——「不屈的開路者」。超乎常人的耐力與爆發力、即便身受重傷也無所畏懼、從不被情感左右、任務使命必達，好像是為了完成指令而生存在這世界上似的，如果可以選擇，神智清楚的人沒有一個會想與他為敵。

不過恩索夫那幫傢伙似乎永遠神智不清。

「保安官，你要怎麼做？」本來仰躺在地的波里克喘著粗氣，緩緩坐起身，手指塞進嘴裡確認搖動的齒臼需不需要加以治療，語句雖含糊不清，但雙眼仍炯炯有神，全然不似落敗之人，「如果你要拯救甜蜜酒，你要怎麼做？」

「輪不到你來說嘴。」艾斯艾爾迅速扯回鐵鍊收在腰際，右手手指握在短棍之上，「別阻礙我。」

「沒有要阻礙保安官的意思，輸了就是輸了，基本的道義我還是懂的。」波里克吐了口污血，黃板牙上沾染半紅半透明的液體。

「那就給我消失。」

撂下狠話，艾斯艾爾踏上窗框，迅速跳進另一棟建築物中，他知道波里克身為幫派首領，不是那種會死纏爛打的人，現階段更棘手的是挑起戰事的護衛軍。看來已無法讓兩邊人馬毫髮無傷，如果真要阻止兩方繼續揮舞刀刃拳頭，就必須先制伏為首的黑林格爾，擒賊先擒王，即使對方是護衛軍也一樣。

艾斯艾爾翻滾幾圈減緩落地時的衝擊，腹部傷勢使他比平時慢了許多，但還是打倒兩名驚慌失措的冒險者，搶了把長槍，對著廣場上每一雙移動的小腿射擊，讓沿路上所有人失去戰鬥能力。

「必須保持兩方平衡……」艾斯艾爾嘴裡碎唸，將彈夾清空，槍扔下樓，轉彎，出手打翻另外三人，再次撿拾槍枝，朝廣場開火。

不遠處的巷弄內不斷傳來磚塊崩解碎裂聲，艾斯艾爾在腦中快速規劃最近路線，翻過三四個陽台欄杆，推了幾個傢伙下樓，盡量不去在意腹部灼熱感，他的身體還撐得住，之前受過更重的傷也沒……

長髮在轉過廊道盡頭之後進入他的視線，艾斯艾爾沒有多加考慮，短棒斜舉過左肩，反手一記橫掃——鏗鏘！諾瑪出乎他的意料，反身旋踢架開黑色短棍，同時大聲尖叫，似乎不太擅長近距離的武鬥，雖然提早發現了偷襲，卻仍有些驚慌失措。

「啊！你怎麼可以這樣突然冒出來！」

「嗯？」艾斯艾爾緊皺眉頭，雙眼緊盯諾瑪架在胸前的十指，他吃過一次悶虧，面對如此狡詐的對手，難保不會有突如其來的第二次。

「你的目標不應該是我吧！」髮絲紛亂的諾瑪睜大眼，指尖小孔微冒輕煙，貌似剛發射完銀針，等待鐵蓋旋上，「打倒我對你沒半點好處喔！」

「我會打倒所有鬧事的人。」

「你這麼盡忠職守我很佩服，但是處理事情總要有個輕重緩急吧？」

「不，妳是阻礙之一。」

下方爆炸揚起的風暴席捲，接著是一長串槍響，艾斯艾爾亟欲湊向前去一探究竟，但眼前女子對他來說威脅過大，必須先行剷除。

然而眼前的諾瑪似乎更關注巷子裡的戰鬥，卻又不敢隨便輕舉妄動，爆炸衝擊一波波襲來，似乎是扛著火砲的蒂蕊及時出現，自另一頭躍下加入戰局，暫時化解恩索夫的劣勢。

「如果我投降呢？」

「我信不過妳。」艾斯艾爾肌肉緊繃，等待諾瑪露出明顯破綻，雖然已判定對方毫無戰意，但還是謹慎為上，除了雙手，對方的腳應該也裝上了某種金屬，具有一定殺傷力與威脅性。

「我不確定蒂蕊能撐多久，我必須下去幫忙他們。」

「那妳就把妳的雙手舉起來，稍微睡一下，睡醒之後事情就結束了。」

「你聽不懂嗎？他們兩個打不過那個拿劍的怪物！」諾瑪拉高音量，語氣充滿不耐，腳尖焦急點地。

「我只是做我該做的事。」艾斯艾爾不為所動，稍稍移動腳步。

「你怎麼這麼難溝通？這跟你的事無關！」

「怎麼會無關？」

「再這樣下去，恩索夫跟蒂蕊都會死……」

熟悉的嬌小身影以不自然角度飛起，幾乎超過兩人所在的二樓高度，彷彿腹部遭到重創，頭部與腳尖朝下而背脊向上，如箭頭一般猛力撞擊牆面，帽子上的鹿角斷裂成無數塊，鮮紅混雜暗紅血液同時如瀑布般湧出，她纖細得像玩偶一般的腰近乎完全被斬斷，臟器流出，整個人重摔落地。

「蒂蕊！」諾瑪大喊出聲，不顧自身安危翻越欄杆，接續在後的是恩索夫全然不似人聲的暴吼，箭步衝向奄奄一息的蒂蕊，但隨即被黑林格爾砍退數尺之遠，後仰摔進瓦礫之中。

而艾斯艾爾就只是徒然站著。

眼前發生的事情實在過於震驚，雖然這段期間執法下來，他也曾見過孩童死去，但從卻沒想過自己會親眼目睹一個將近兩公尺高的壯碩男人，以彷如屠宰的形式虐殺四肢纖細的瘦弱小女孩。

罪惡感與羞愧整整慢了一秒才灌進艾斯艾爾腦中，彷彿巨浪般將他吞沒，如果自己代表的是正義，那因為謹慎與堅持而造成的無謂傷亡，是算在他的頭上嗎？明明決定要拯救整座城鎮，但還是發生了這樣的事，他還能代表這個鎮的正義嗎？還是，從頭到尾都只是自己的一廂情願？

破碎亂石中的恩索夫掙扎爬起，方才黑林格爾那一擊似乎打斷了他好幾根骨頭，連站都站不穩，淚水自他眼角滑落，和臉部的汗珠匯聚成條條小河，但他仍不停舉起短槍擊發，子彈用罄便隨手扔向一旁，斗篷下掏出另一把槍，繼續扣動扳機。

諾瑪抱著蒂蕊縮在角落，兩人渾身是血，任何緊急處置看起來全都已派不上用場，蒂蕊就像斷了線的提偶，失去生氣的雙眼仍直勾勾盯著天空，但任何事物卻再也無法進到她的眼中。

而痛下殺手的黑林格爾鎧甲碎裂崩解，全身皆是烈火紋身的燒焦痕跡，他仍沒有多說什麼，面容如石像般平穩，撕去礙事的破爛上衣，甩動提劍右手，毫不懼怕恩索夫一發又一發的射擊。

再這樣下去，沒有人能在黑林格爾的寬劍下存活。

艾斯艾爾並不喜歡恩索夫與諾瑪，甚至覺得他們性格頑劣，是敗壞治安與社會風氣的毒瘤，但同樣的，他們也是甜蜜酒鎮的訪客，和死去的蒂蕊一樣，都在他這個保安官的保護範圍內。

他低頭，鐵鍊甩出，彷彿試圖彌補些什麼，自高處躍進巷弄戰場之中。

／

一切都發生得太過迅速。

恩索夫知道蒂蕊救了自己一命。原先她分配到的任務極為簡單，只要待在頂樓對廣場內的護衛軍們砲擊便可，那是最安全的位置，但她擅自離開崗位，循著煙灰和追擊聲響，介入了恩索夫與黑林格爾之間的戰鬥。

每發火砲都確實擊中黑林格爾的身體，強大後座力總是使蒂蕊向後翻滾數圈，甚至背抵磚牆才有辦法真正站穩腳步，她的身形過於嬌小脆弱，如此巨大的砲管與彈藥一點也不適合她，然而這是波里克這群人擁有最具震懾力與威脅性的武器，一般短槍子彈根本無法對黑林格爾造成傷害。

蒂蕊是那種不輕易認輸的孩子，長時間朝夕相處下來，恩索夫深知她的性格，倔強、超乎年齡的幹練、迅速果斷、絕不退縮——當她左腿出現第一道又長又寬的傷口，噴濺鮮紅血水時，甚至沒聽見她哼出聲，就只是立刻改變行徑路線，鑽進對方視線死角，扣下火砲扳機。

「蒂蕊！別離他太近！注意腳邊！」恩索夫邊吼邊進行掩護，可黑林格爾身上除了穿著難以摧毀的銀亮鎧甲之外，每個重要關節處都散發奇妙色澤的微弱光芒，裡頭應該鑲了品質極佳的魔法礦石，將大部分衝擊中和分散進周圍鎧甲，即便連續射入多發子彈，黑林格爾似乎也無動於衷。

「你們連孩童也吸收入幫，果真是忝不知恥的一群垃圾！」

「如果只是對貴族有所不滿就是垃圾，全沃爾瓦的平民百姓就都是垃圾了啊！」

「你說什麼！」

「我只是陳述事實！」

「詭辯！」黑林格爾低沉反駁恩索夫挑釁，攻向正打開彈巢、重新填裝子彈的恩索夫，恩索夫急忙抽出另一把槍，但黑林格爾只是虛晃一招，隨即轉動腳踝，扭身斜掃，寬刃揮往半空中的蒂蕊頸部。

面對突襲，蒂蕊仍然維持平時的冷淡表情，雙目微微撐大，後翻閃避利刃同時單手抵牆，以倒掛姿態擊發火砲，轟。

紅色能量擊中黑林格爾右肩，震得他後退數步，可下盤仍穩固如山，雙腳在地上鑿出兩道深溝，沒有猶豫與休息，他欺身壓進蒂蕊，寬劍揮劈下砍。

「這樣不對吧！如果我們和孩子站在同一陣線是錯的，你也不應該出手攻擊孩子吧！」恩索夫出聲，試圖使黑林格爾分心，但對方只是嘴角抽動，咒語般低聲誦念。

「所有對王城不利的因素都必須排除。」

火砲炸在黑林格爾的胸腹，理應吃痛後退的他竟只有微微停頓，硬是扛下傷害與疼痛，出乎意料弓背前進，而閃耀藍光的寬劍破開煙霧，在下一秒嵌進蒂蕊平坦腹部，將她粗暴甩上半空。

蒂蕊就像被拋向高處的破碎布偶，血雨瞬間灑滿黑林格爾周身，染紅窄巷兩側石磚牆面。

另一邊傳來諾瑪的驚恐嘶喊，有那麼一瞬間，恩索夫忽然聽不見所有的聲音。

沒聽見蒂蕊發出痛苦哭號，蠻橫且巨大的轟鳴填滿恩索夫的耳道，他知道自己喉頭撕扯開來，正在發出己身所不能承受的怒吼，卻什麼都無法聽見，槍聲聽不見，寬劍呼嘯聲聽不見，摔倒碰撞聲聽不見，筋骨斷裂聲聽不見。

他什麼也聽不見。

自瓦礫中搖晃起身後槍彈連發，子彈用光便直接換下一把，恩索夫斗篷裡藏了無數把長短槍，平時他會記得每一把的使用時機與填裝多少彈藥，但現在他完完全全想不起來，腦中填滿空白，就只是重複著相同動作，甚至連備用的空包彈也一併用上，徒勞無功卻不得不如此的重複扣動手中槍械。

黑林格爾面若冰霜，子彈射中身體軀幹也沒有多餘表情，上半身銀鎧碎爛，乾脆伸手盡數撕下，伸展持劍的右手筋絡，準備繼續未完的任務。

除了快步奔向蒂蕊身邊，蹲跪試圖喚醒她的諾瑪，仍直立於巷弄之中的兩個男人不再對話，甚至看也不看彼此雙眼，他們知道事情快要結束了，總會有其中一人在對方面前死去。

踏穩雙腳，黑林格爾大喝一聲舉劍衝刺，數發子彈擦過面頰，但他無所畏懼，恩索夫腰際短槍發出喀拉聲響，連忙扔往一旁，抽出一把前臂長短的小巧霰彈槍，迅速上膛。而黑林格爾並不給他機會，寬劍猛力斬落。

鏘噹！

突如其來的鐵鍊緊緊纏繞劍身，偏移劍刃路徑，包覆藍光的寬劍自恩索夫的左肩旁削過，破開一大片地面，恩索夫抓準時機，槍口塞進黑林格爾懷中，將彈藥全數送出。

沒有預期中的血肉四溢，黑林格爾的身體就像巨犀牛的皮膚般堅韌，雖多處穿了洞受了傷卻仍不影響他的行動，彷彿全然是靠意志力來運作身體，只見他抬手將恩索夫鏟倒在地，回身出肘，擋下艾斯艾爾來自後背的襲擊。

「你又是……？我見過你，你是甜蜜酒鎮的保安官吧？」

面對黑林格爾的質疑，艾斯艾爾沒有回答，短棍攻勢凌厲，恩索夫趁兩人纏鬥時趕緊爬離他們，在牆邊撿回蒂蕊落下的火砲筒，除了沾染紅血外還能正常使用，他從斗篷裡掏出剩下特製迷你兩顆火砲，側身仰臥填裝。

「是又怎樣？不是又怎樣？」

「唉……不只是一大群造反的冒險者，連保安官也是同夥，身為王城護送專隊大隊長，必須在此將你們一併剷除！」黑林格爾聲如洪鐘，怒氣橫流，交戰不過數秒便發現對方其實虛弱不已，乾脆用蠻力將鐵鍊另一端的艾斯艾爾扯向自己。

而艾斯艾爾壓低身子，借力竄過黑林格爾腋下，接著踩牆繞過他的側邊，打算將黑林格爾困在鐵鍊圍成的網羅裡頭，但黑林格爾立即轉過身子，伸出左手拉高鐵鍊，橫過頭頂。

「別再做無謂掙扎了！」

「我沒有跟他們一夥！只是無法忍受你欺負弱小，破壞我的城鎮。」

「你的城鎮？那又怎樣？所有對王城不利的因素都必須排除。」

黑林格爾仍沉聲維持一貫論調，不帶任何情感，亦不理會艾斯艾爾反駁，即便掌中寬劍無法使用，全身上下滿布大小傷痕裂口，一對一單挑的情況下黑林格爾還是佔上風，打倒艾斯艾爾也只是時間問題——

轟然巨響，一發火砲自側邊襲來，不偏不倚打中黑林格爾的右半臉，他重心不穩摔向左側，頭上毛髮迅速燃燒，然而恩索夫沒有因此停下攻勢，飛膝踹上黑林格爾胸膛，對著火球般的頭部又是一發近距離火砲。

沒有喘息時間，連續兩次超出預期的重創，終於使他不再如鬼神般無堅不摧，猛烈燃焰燒進眼睛與呼吸道，黑林格爾抱著頭，發出長年來的第一次痛苦吼叫，恩索夫不為所動，槍管冒煙的火砲筒用力砸上黑林格爾護住臉部的手，整個人趴跪在奮力掙扎的黑林格爾身上，用盡全力撥開他的巨掌，掏出短槍，槍管塞進他的眼窩之中。

「夠了！這樣他會死……」

恩索夫的眼神如同地獄來的厲鬼，僅只一眼便讓艾斯艾爾閉上嘴，接著連續扣動扳機。

轟轟轟轟轟轟轟。

白濁與血紅液體自火焰中噴出，流滿地面，即便彈藥早已用罄，恩索夫仍不斷扣著扳機，撞針發出答答答的空洞響聲，來回碰撞著巷道內每個悲傷卻麻木、不知該如何表達情緒的人。

而黑林格爾緊握寬劍，死前仍試圖將利刃刺入恩索夫體內，打算一起同歸於盡，可死亡終究更快抵達，黑林格爾的手就這樣僵在空中，只差幾公分便會貫穿恩索夫腹部，終結他空虛單薄的生命。

「終於……」

恩索夫大口大口喘氣，臂膀僵硬痠痛，小心翼翼推開黑林格爾，咬牙撐起身子，轉向蒂蕊與諾瑪的所在之處，然而諾瑪只是搖搖頭，不敢再多看他血淚交織的憔悴面容，她懷中蒂蕊傷口的出血雖近乎完全止住，但已來不及，被諾瑪闔上的雙眼之下臉色慘白，早已失去生氣。

沒有繼續前進，恩索夫雙肩下垂，雙眼直勾勾盯著眼前的慘狀，他一時不知道該說些什麼，雙耳已經能聽見各種隱藏在凝重氣氛下的細碎聲響，但有個他無法形容的東西梗在喉頭，他哭不出來，也發不出聲。

就像被抽走靈魂的肉塊，雖斷了幾根骨頭，但生理機能正常，恩索夫知道自己心裡頭有塊為蒂蕊而留的空間，就這樣崩解消散，碎裂成粉齋。

再也找不回來。

沒有哭，甚至沒有走向前去。眼前的恩索夫彷彿變成了披著肉身外殼的人偶，對著蒂蕊與諾瑪的方向發楞，艾斯艾爾原本打算說些什麼，但稍稍思考後還是作罷，如此凝重的氛圍下說什麼似乎都不太對。

腹部與左手傷口在方才激鬥之中好像又裂開了，潺潺汙血滲進褲頭，艾斯艾爾掀開外衣檢查傷勢，原本用來止血的紗布已整條染紅，再也無法多吸收一滴液體，照理說得趕緊縫合才是，無奈艾斯艾爾手邊沒有任何醫療用具，只好和時間賽跑，趕緊解決外頭廣場中的紛爭再另尋辦法。

艾斯艾爾移動步伐，經過恩索夫身旁時，他仍動也不動，彷彿輕輕一推便會摔倒在地，那個總把所有人耍得團團轉、總是游刃有餘的恩索夫似乎已不復存在，艾斯艾爾不忍多看，彎腰扯動鐵鍊，鐵鍊混著金屬屑碎，緊緊纏繞在寬劍之上，只用單手根本無法解開。

艾斯艾爾蹲下身子，想扳開黑林格爾死命握住武器的手指，但無論如何用力，黑林格爾的粗厚指節就像是長出了根，牢牢吸附寬劍握把，就算費盡氣力也毫無成效。

雖說破壞死者身軀是大不敬的事，艾斯艾爾終究還是抽出從波里克那拿來的短刀，插入指肉與握把之間的空隙，汁血緩緩流出潤滑，他以同樣方式撬開其他幾根手指，硬是將寬劍給拔了出來。

沾染紅色液體的武器比想像中沉重，壓得艾斯艾爾指掌脹痛難耐，原本想安放在肩頭扛著走，但他根本沒有足夠力氣能將之高舉過肩，只好雙手拉扯收短的鐵鍊，將劍拖在身後，發出喀啦啦金屬與石塊碰撞聲。

離開巷弄前艾斯艾爾回頭看了眼恩索夫與諾瑪，背對他的恩索夫仍維持僵硬動作，指尖微微顫抖，諾瑪抬頭望向艾斯艾爾雙眼，似乎正發出求救訊息，但艾斯艾爾擺擺頭，他還有更重要的事情得解決。

廣場仍不時傳來廝殺碰撞聲，雖然已經比戰鬥一開始微弱許多，但並未真正停歇，艾斯艾爾喘著氣，繞過曲折複雜的拐彎與暗處，汗水螫刺傷口，痛得他發出微弱呻吟，他盡可能加大步伐距離，希望能越快趕到廣場越好，避免更嚴重的事態發生。

即便他不確定以這副殘破身體能做到何種地步，但握有黑林格爾的寬劍，至少能當作戰勝護衛軍首領的證明，加速他們投降。

護衛軍投降之後，再來處置冒險者們的去留與採礦事宜——

日頭陽光直直射入巷內，艾斯艾爾瞇眼抹去額角汗珠，眼前的驚悚景況已不能只用悽慘二字來形容，原本便髒亂不堪的廣場染上一層暗紅，連著皮革或盔甲的斷肢和臟器在血水中漂浮，頭顱與鋼盔滾地，屍首插滿刀劍，彈痕坑坑疤疤，殘存的護衛軍和冒險者人數相當，仍大聲嘶吼著，試圖在對方的腦門與心窩開洞。

「戰鬥……」聲音梗在喉嚨，艾斯艾爾花了好幾秒整理思緒，緩步走進廣場之中，他必須花些時間醞釀，才有辦法擠出全身上下剩餘的最後一絲氣力，不顧肌肉和筋骨嘎嘎作響，將寬劍高高舉起——

「戰鬥結束了！」

「戰鬥結束了啊！」

「戰鬥已經結束了！」

聲嘶力竭，舉步維艱，艾斯艾爾左搖右晃，差點被無力支撐的寬劍削掉整片肩膀，「黑林格爾的劍在我這裡，你們的首領——護衛軍的大隊長已經死了！大家放下手上的武……」

「你們就投降吧！」粗獷聲線壓過艾斯艾爾，伴隨磚瓦崩裂，波里克坐在掛滿雜物的巨犀牛上頭，雙手各持一把大槍，絲毫看不出幾刻鐘前才剛被艾斯艾爾暴打一頓，身後則是一大群騎著鈍齒狼的冒險者，艾斯艾爾的模糊雙眼很快便認出他們，全是埋伏時被他放倒的波里克手下。

相對於鈍齒狼的躍躍欲試與狂暴，巨犀顯然不甚滿意背上的主人，不時甩頭與抖動肩膀，但波里克雙腿緊緊夾住牠的後頸，大聲吼叫，「快點投降啊！你們已經沒有勝利的希望了！」

也許是望見黑林格爾的武器在其他人手中揮舞，以及新加入戰局的波里克一眾聲勢浩大、腳下坐騎齜牙咧嘴，護衛軍們頓時失去戰意，紛紛放下手中寬劍，或是雙膝下跪，或是高舉雙臂，被一擁而上的冒險者們壓制在地。

「不想死的話就乖乖聽話！」存活下來的冒險者各個遍體鱗傷，仍然張開缺牙的口，綑綁戰敗者同時高聲交談，一邊嚴厲嚇阻，一邊熱烈歡呼。

「終於贏啦！」

「勇者無懼，勝者無敵啦！」

「這句話好像哪裡怪怪的……因為無敵所以勝利，還是因為勝利所以無敵？」

「隨便啦！那個金頭髮貴族哩？採礦囉！」

「採礦！對！採礦！」

「先等一下！」身形高大的波里克猛力一踏，站在巨犀背上對空鳴槍，眉頭緊鎖，將所有人注意力拉回，「我們先確認傷者與死者，待後事處理完畢，再來討論採礦事宜也不遲！」

「波里克大哥說的對！」

「大家快把受傷的人搬到另一邊去啊！」

「清理場地，把的上的屍塊收集起來喔！快！」

還來不及喘息，廣場再次陷入另一種層次的混亂，四肢健全的冒險者押解俘虜，還能走動的撿拾地上斷肢與鎧甲碎片，擁有治療技術的另闢一區提供傷者援助，另一群人搬出食物供所有人補充體力，而波里克居高臨下，計算傷者與死者數量。

而在這樣的紛亂之中，只有艾斯艾爾沒有隨之動作。

「這不是你們的勝利。」艾斯艾爾以劍當拐撐著身體，不讓從左右擦肩而過的忙碌冒險者們碰到自己，激情熱血似乎已開始消退，疲倦感席捲全身，「對護衛軍出手之前你們應該就知道後果了，所有人都有罪，都應該接受懲處。」

「有罪是嗎？」波里克聞聲低頭，看著艾斯艾爾手中寬劍，「我們的確有罪，可是這座鎮上的冒險者只剩不到一半，我的那群手下也死了將近三分之二，這還不算懲罰嗎？」

「這也是你們主動挑起的。」艾斯艾爾冷道，伸手拒絕湊上前來的醫護人員攙扶。
「若是我們挑起，我們自會承受，為什麼你這個保安官又要摻一腳？」
「因為我要確保這座城鎮的安……」
波里克揚起手打斷艾斯艾爾，壓低喉頭，「我知道保安官的用心，稍早的對決是你贏了，所以處理完後續事宜後，我會帶著手下們離開這裡。」
「你們離開又怎樣？上頭還是會因為這件事情再次派兵前來，你這麼做就只是在逃避責任罷了！遭殃的還是這座城鎮！」
「保安官大可將所有過錯推到我們身上，雖然你也有可能被冠上瀆職的罪名，但是面對窮凶惡極的盜賊團，又有哪個保安官可以保證自己能完善如此艱難的工作內容？」
明明說著退讓妥協的言論，波里克卻一副高高在上的姿態，令艾斯艾爾大感不滿，火氣淤積於胸口，可現階段的確如波里克所言，除了將所有罪行歸咎於他們一夥，並抓幾個替死鬼出來頂罪，才是最能保全這個鎮以及自身職位與性命的做法。
「你真以為……」
「我會幫你處理剩下所有的麻煩事，包括採礦……」
「下來。」
微弱卻堅定的嗓音穿破眾聲喧鬧，直直射進艾斯艾爾與波里克耳道，扭過頭，恩索夫抱著渾身是血的蒂蕊，雙眼無神，跛行的每一步卻又帶著殺氣與恨意。

「蒂蕊怎麼……」

「下來。」

波里克被恩索夫硬生打斷，距離恩索夫幾步之遙的諾瑪身上同樣沾滿暗紅血跡，對著艾斯艾爾與恩索夫搖搖頭，嘆了口氣。

「有醫療人員嗎？趕快過來，這裡有……」波里克拉高音量。

「下來。」

恩索夫重複同樣一句話，朝巨犀走去，巨犀似乎也嗅聞到不對勁的氣息，抖身邁開沉重粗腿，逼得波里克重心不穩，不得不跳回地面。

除了移動中的恩索夫與巨犀牛，廣場裡所有人動作慢了下來，上百雙眼珠盯著廣場中央的他們，而恩索夫看也不看其他人一眼，自艾斯艾爾面前經過，將闔上眼的蒂蕊輕柔放在犀牛面前，跪下，不再起身。

犀牛火爐般巨大的頭輕輕頂了他們倆幾下，轟的一聲四腳彎曲抵地，淚珠自眼角滑落，發出震天悲鳴。

第十章　苟活者

恩索夫曾見過這樣血腥且殘酷的場面，只是那時他的第一個反應是轉身蹲下，抱住一旁孩子，不讓孩子再多看一眼。

無論看或不看都一樣殘忍，恩索夫知道，但他選擇緊緊抱住不斷試圖掙脫的小女孩，意外發生時綁著雙馬尾的蒂蕊才到他的大腿高度左右吧，然而恩索夫沒料到的是多年以後，類似畫面會再次映入眼中，而這次身旁已無人可以保護。

他知道揮舞寬劍的黑林格爾死了，他也知道保安官艾斯艾爾早已默默離開巷弄，知道諾瑪雖然表情哀戚但沒有真的哭出眼淚，那是見過太多死亡的麻木，知道自己不敢再往前多踏出一步。

蒂蕊的眼睛已被諾瑪闔上，人也好動物也罷，死去時總是難以呈現安然的姿態，恩索夫也是見過太多死亡的人，所以他明白事情會如何發展，可是當蒂蕊體內最後一滴血流盡，恩索夫的胸口還是如同火燒一般難耐，淚水不自覺割開面頰污漬，連骨頭斷裂也相形遜色的痛感在體內炸裂，難以止息。

「賭博就是這樣，贏家全拿，輸的人失去一切。但除了自己以外誰也不能責怪，因為當初做出選擇的是自己，所以也必須由自己全數承受。」

恩索夫喃喃低語，每當有人自他手中輸去所有籌碼時，他常會這樣告訴悲憤交加的對手，半是忠告半是嘲弄，因為他從不做沒有把握的賭注，即便不小心輸了，也不曾損失如此慘重。

如果當初沒有來到甜蜜酒鎮、如果沒有特意設局贏得南方之心負責人的軍業商號、如果沒有發現更西部的礦場除了大量火燒岩礦石外，還有能讓人起死回……

仍有些許溫熱的觸感自腹部傳來，鋼鐵的冰冷則從斗篷外層透進恩索夫手臂與後背，諾瑪打斷了恩索夫充滿後悔的記憶回顧，將蒂蕊交至他的手中，接著張開雙手，自側邊緊緊抱住他。

換作是平時，蒂蕊絕對會用力推開恩索夫，然後迅速跑向遠處，而恩索夫也會撥去諾瑪的手，狠瞪她幾眼，但現在似乎已全然不同，或許再也不會發生這樣的事了。

「走吧，我們去把事情給解決吧。」諾瑪的話沒說完，但恩索夫能理解她想說什麼，他點點頭，深深吸了一口氣。

必須把這件事給解決。

稍微掙開諾瑪的環抱，恩索夫轉身朝巷口走去，胸腔與腹部極為疼痛，或許肋骨全斷了也說不定，但他不敢放鬆，懷中的蒂蕊比他想像中還輕上許多，可能是血液全流乾了，可能是他們太久沒擁抱彼此。

他就這樣緩慢走著，諾瑪跟在他身後，戒備可能會發生的危險，廣場上的打鬥喧鬧聲明顯減弱，又過了一陣子，眾人歡呼才傳入耳裡，看來冒險者們終於取得了勝利，壓過群龍無首的護衛軍。

但恩索夫沒有心情慶祝，既然戰鬥結束了，他便可以把所有的事都拋到一旁，先將蒂蕊的殘破身軀縫補回原先模樣，如此一來，才不會愧對蒂蕊，以及蒂蕊的母親。

廣場沒有建築遮蔽，陽光奪目，傷勢較輕的冒險者們已開始整理戰場，救治傷患、押解戰俘、清理屍塊破甲、發放食物……而廣場中央的巨犀牛上立著壯碩波里克，一旁則是站都站不穩的艾斯艾爾，抬頭仰望對方，怒容滿面。

「我知道保安官的用心，稍早的對決是你贏了，所以處理完後續事宜後，我會帶著手下們離開這裡。」波里克這麼說著，不帶一絲情感。

「你們離開又怎樣？上頭還是會因為這件事情再次派兵前來，你這麼做就只是在逃避責任罷了！」艾斯艾爾則明顯激動許多，拒絕上前的醫護人員，將黑林格爾的寬劍拄在身下充當拐杖。

「保安官大可將所有過錯推到我們身上，雖然你也有可能被冠上瀆職的罪名，但是，面對窮凶惡極的盜賊團，又有哪個保安官可以保證自己能完善如此艱難的工作內容？」

「你真以為……」

「我會幫你處理剩下所有的麻煩事，包括採礦……」

「下來。」

恩索夫沒有心情和他們瞎攪和，過度使用的喉嚨嘶啞，仍絲毫不減壓迫與陰沉，波里克私自借用了他和蒂蕊的巨犀牛，要是平常，恩索夫大概會笑笑帶過，但現在不一樣。

他不想浪費力氣在容忍與多費唇舌之上。

「蒂蕊怎麼……」

「下來。」

「有醫療人員嗎？趕快過來，這裡有……」

「下來。」

當恩索夫重複第三次相同字句時，巨犀牛終於擺過頭來踏出厚蹄，猛然抖身，將波里克從背脊甩下，披掛的上百件器具相互碰撞，噹噹作響，而恩索夫對著牠的碩大腦袋輕柔放下蒂蕊，雙膝跪地，拱身低頸蜷曲。

似乎意識到蒂蕊已離開人世，巨犀吻部輕輕頂觸嗅聞，同樣咚咚幾聲跪下，接著仰天長鳴數聲，淚水自眼角潺潺流落。

周遭安靜了下來，和稍早與黑林格爾對戰時不同，這次是真的不再吵雜，圍觀的冒險者們不約而同暫緩手邊工作，默默看著兩人一犀，沒有人多說什麼，直到恩索夫起身，從巨犀身側卸下一口小棺後，眾人才又開始繼續動作。

除小棺之外，還有另一個正常尺寸的深色棺木纏滿白布，也一併被他搬下，直立在旁邊，恩索夫的行動又遲又緩，時不時發出咬牙忍耐痛楚的悶哼，諾瑪上前打算幫忙，但被果斷回絕，只好摸摸鼻子先行離開。

艾斯艾爾與波里克的爭執因恩索夫出現而告一段落，兩人相視了幾秒後，艾斯艾爾決定轉過身，一跛一跛走回自己辦公室，打算稍作休息。波里克則稍稍交代醫護人員注意恩索夫狀況之後，前去管控場面。

廣場中央的器具越堆越多，組裝而成的長木桌、刀具針線、血袋沙布、保冷用的漆黑礦石……恩索夫甚至搭起了一個小帳棚，將自已與蒂蕊、以及兩口棺材關在一塊，遮擋日光同時不讓其他人恣意觀看。

就像座孤島，恩索夫將自己與外界隔絕開來，專心修補蒂蕊身上的巨大傷痕裂口，即便自己身上的傷勢同樣不輕，他還是盡可能不讓自己分心，多吞了好幾顆止痛藥錠，緩解蔓延的疼痛。

或許這樣下去他也會一起死去，但恩索夫並不害怕，甚至有些暗暗期待，口乾得要命，但他不在乎，仔細縫補每一個傷口，指尖發抖便前後甩動，繼續作業，頭昏眼花便閉目養神，幾十秒後再度進行縫合，沒有人能夠阻止他。

期間有些人來帳篷找他，或是在外頭呼喚，或是逕自掀開簾幕、強硬治療他渾身是傷的身體，恩索夫全都沒有多加理會，他必須在蒂蕊的身體開始發臭之前處理完畢，然後放進鋪滿冰冷礦石的棺木之中，就像她的母親一樣。

直至外頭不再透進日光，恩索夫點了盞燈，火光搖曳下又繼續工作了好一會，才終於告一段落，裸露的內臟與污血不復存在，雖然有道橫亙腹部的疤與無數縫線，但乍看之下蒂蕊就像是熟睡了一般，甜美而惹人憐愛。

將蒂蕊溫柔安放進棺木裡頭，恩索夫並不急著闔上棺蓋，而湊近另一口稍早從巨犀身上卸下的棺木，伸手將上頭包覆的白布全數扯落，緩緩揭開木板，冰冷氣息湧洩，映入眼簾的是另一位美麗女子，長髮垂肩，皮膚透白如玉，蒼白得令人屏息。

「抱歉，我大概沒有臉見妳……讓妳失望了，」恩索夫低聲說著，後退跪在兩人面前，額頭抵著地，渾身顫抖，「對不起，讓妳失望了。」

他就這樣曲身跪著，直至疲倦淹沒意識。

不知過了多久，等他再次醒來時，除了眼前冰冷沙塵，還多了雙硬梆梆的手腕，笨拙卻溫柔地將他扶至木椅坐下，蓋上軟毯。

「睡在地上會感冒，你身體現在這種狀況，要是感冒說不定就再也好不了了。」諾瑪嘴裡輕聲碎念，不知哪裡變出熱水袋，一把塞進恩索夫懷中，另外拿出些剛烤好的牛肉與熱湯，擺在長木桌上。

「好不了也沒關係。」

「真的嗎？」稍微拉高音調反問，諾瑪逕自走到棺木前，先稍微端詳大棺裡的女人，再蹲下身，抬頭仰望小棺裡的孩子。

恩索夫沒有應答，靜靜看著三人，肚子咕嚕嚕作響。

「吃些東西吧？整天沒吃飯也餓了吧？」

「嗯。」不似過往滿是戒心，恩索夫僅猶豫半秒，便抓起油滋滋的牛肉往嘴裡塞，像是從沒吃過食物一般。

諾瑪表情肅穆，從短褲口袋取出一顆紅色小方塊以及一小塊鹿角碎片，偷偷塞進蒂蕊輕握的掌心之中，然後緩緩站起，「如果我沒記錯，你還欠我一個問題對吧？」

聳聳肩，恩索夫持續狼吞虎嚥著，大口灌下熱湯，發出吧喳吧喳的齒臼咀嚼聲，不否認也不承認。

「你要去的地方，除了火燒岩礦石以外，還有其他東西吧？」

諾瑪直勾勾看著恩索夫，恩索夫愣了愣，嚥下口中肉塊，將手指的油汙隨意抹在斗篷上頭，「……為什麼這樣問？」

「這是我自己的推測，如果靠賭博與招搖撞騙就可以在日落之處生存下去，根本不需要大費周章自己跳下去挖礦，甚至不惜和護衛軍起衝突，這樣並不會讓你以最少的成本獲得最佳的利益，一這樣想就覺得那裡不對勁。」

「是嗎？」

「我們是一樣的人，思考模式也差不了多少，所以——」諾瑪聳聳肩。

「難道沒有一個選項，是因為我單純覺得有趣？」

「不，並沒有，帶著蒂蕊的你不會因為這麼薄弱的理由冒這種險。」

「……那妳覺得那裡有什麼？」恩索夫的眼神銳利，卻又馬上疲軟下來，對焦在某個不重要的角落。

「大概是某種擁有特殊魔法力量的礦石吧。」諾瑪說道，眼珠咕溜溜轉了幾圈，「起死回生之類的……這些石頭跟魔女有關，魔女不也是死了又活、活了又死嗎？」

似乎被諾瑪一口猜中，恩索夫並沒有立即反駁，放下餐具，雙手交握在木桌前，食指來回交錯碎動，欲言又止。

諾瑪也不催促他，伸手抬起一旁棺木板輕巧蓋上扣合，先是蒂蕊的，遲疑了一會，再來才是那美麗女子的。

直到棺板完全闔起，恩索夫終於緩緩開口，低頭盯著地面，聲音像是沙地裡的小石塊般乾燥刮搔，「大約半年前，有一群冒險者去盜採骨藻湖西北邊的火燒岩礦石，但不小心引發爆炸，連鎖效應，整座山崩塌了一大半。」

「但是所有困在裡面，沒有被當場壓死活埋的人，卻在一個半月後，奇蹟似的從山裡爬了出來，而且他們身上沒有半點傷口、甚至連疤也沒有，那些原先困擾著他們的老毛病全都消失了，有些人的外貌，比進入礦區之前還年輕許多。」

「活下來的總共十三人。我每個都見過。他們描述的過程大同小異，糧食吃完之後隔了幾天，還抱著一絲希望的人不小心挖到了像液體一樣的東西，半透明的，又濃又稠，淹沒了因飢餓而剛斷氣不久的屍體，然後，那些人就像被施了魔法一般活了過來，而剩下半死不活的，碰觸到了那些液體之後，傷口完全癒合，全身充滿氣力。」

「他們就靠著這些液體活了下來，其中幾個人用瓶子帶了出來，我花了許多力氣才終於買到一些些，確實是有魔法藏在裡面，於是我稍微測試過後，把所有液體都撒在她的身上……」

「嗯，我知道了。」阻止恩索夫繼續說下去，諾瑪顯得有些侷促不安，向前踏了幾步，俐落收去空杯以及空盤，「這樣我們就互不相欠了，但是保安官的事還沒處理完畢，他似乎得抓幾個人上去頂罪——」

大風忽地颳起，吹亂兩人頭髮，小帳門口布簾被使勁掀開，波里克彎腰探頭，聲線雖比過往虛弱不少，可依然十分厚實。

「我們準備要走了，跟你們說一聲。」

「你們……？」

「對，恩索夫你可能不知道，我拿了犀牛背上一半的器具，打算和剩下還能動的冒險者先前往礦區，不過代價是會被沃爾瓦那邊來的執法人員們通緝，變為和軍隊正面衝突的罪犯就是，」仍是沒有絲毫歉意的頭領態度，波里克自顧自說著話，大手一揮，把布簾整個甩上帳篷支架，「看你要不要跟我們一起，但動作要快，等保安官醒來就麻煩了。」

「不要。」搶在恩索夫之前，諾瑪率先應答，「我們本來就不算是你的屬下了，我們想幹嘛就幹嘛。」

「你覺得如何？」無視諾瑪的話語，波里克下巴指著恩索夫，恩索夫微微點頭，再搖了搖頭。

「你們先出發吧，如果有需要，我們會再趕上的。」

「好，保重。」

就像來時一樣，波里克如風一般消失在門口，諾瑪嘆了口氣，同樣往外頭走去，但腳步緩慢，似乎不願馬上離開，「我去看看保安官那裡的情況如何，你的商號借我用一下，藍琥珀酒吧也是。」

「都送妳吧，我也不需要了。」恩索夫看也沒看她一眼，緊抱懷中熱水袋。

「好。」

布簾再度放下，外面眾人吆喝聲四起，似乎是準備離去前的躁動，恩索夫不想理會他們，癱軟在木椅上發呆，過了許久，他才終於回過神來，將早已失去熱度的水袋放回桌面。

的確是可以和波里克那幫傢伙一起離去，但他暫時不想待在人多的地方，況且就這樣離開，肯定會對艾斯艾爾造成極大的困擾——他肯定覺得自己運氣很差吧！恩索夫苦笑出聲，過去的他大概不會如此幫對方設想，但他覺得自己有哪些地方變得不太一樣，難以名狀的差別。

又休息了好一會，恩索夫終於離開座位，小心翼翼將棺木上鎖，拖著步伐離開小帳，風有點強，吹得他直打冷顫，不遠處泰半崩塌的保安官辦公室燈火通明，傳出尖銳的機械摩擦聲響。

似乎有人替他餵過了巨犀，巨犀看了看他，吐出長長一口氣，果斷閉眼休息，連頭也懶得抬，恩索夫全身仍有多處疼痛不已，可他沒有停下。他知道自己可以逃跑，但他不想，在蒂蕊面前，他不想再對任何人示弱。

離辦公室仍有一小段距離時，機具修理聲暫歇，恩索夫打算加快腳步，但兩人交纏的身影閃進他的眼眸，他心頭微微一震，決定放慢腳步，盡量走在斷垣殘壁構成的遮蔽後方，試著不去打擾他們。

他並不特別在意諾瑪跟誰發生親密關係，但出於好奇，還是湊近辦公室，斜靠在磚瓦之上。

沒有意料中的嬌喘呻吟，反而全是諾瑪解釋著什麼的聲響，恩索夫想了想，乾脆側身躲在柱子後頭，豎起耳朵聆聽。

「他承受了一些比我們想像中還多的東西……當然，雖然我希望你能放過他，最後的決定權還是在你，要逮捕他，或是放他走，這是保安官的職責。」

「所以妳剛剛才會……那妳呢？」

「放心，你抓不到我的，我會留下來看到最後。」

「那還真是勞煩妳了啊，但我可以接受。」雖然發現諾瑪正在替自己求情，恩索夫心中感到有些意外，但確認兩人並未處在不方便打擾的狀態之後，他還是忍不住插嘴，自門柱後步出。

「嗨，兩位。」

「恩索夫……！」

「我們來把事情結束吧！我不喜歡這種懸而未決的感覺。」

「怎麼解決？」看著吃力離開躺椅的艾斯艾爾，恩索夫微微露齒而笑，如此一來，彼此之間的立基點就一樣了，一樣公平，誰也不欠誰。

「既然這整件事情是因槍輪這個博奕遊戲而起，那我們也用槍輪來完結吧。」

「……槍輪啊。」

「你覺得如何？」

「好吧。」

第十一章　殘喘者

昏沉了一整天，艾斯艾爾醒了又睡，睡了又醒，日頭即將隱沒時才猛然驚醒，全身上下燙得要命，像被熱水給淋過似的。

橘黃落日滑入他的眼框之中，因磚石毀壞而形成半開放空間的辦公室放了許多照明用火燒岩，或大或小或亮或暗，他彷彿身處在黃光與紅光交錯構成的世界裡，而艾斯艾爾左側則坐了個盤起頭髮的女孩子，後頸細長白皙。

「別亂動。」長髮女子手中銀亮器械發出高頻噪音，在艾斯艾爾的左臂上來回鑿鑽，幾根麻醉用長針毫不掩飾的扎在視線所及之處，他卻全身癱軟使不上力，連小指頭也動不了。

「妳……？」

「我有些擅作主張，但是沒辦法，你的傷口再不處理，不是要整隻手切掉就是死掉喔。」

諾瑪瞄了艾斯艾爾一眼，露出慧黠笑容，接著放下機具，左右手各拿起半個機械手掌，「這兩個讓你替換，我找了很久勉強組裝起來的，所以之後可能會有一些問題，但沒關係，現階段適應期，你只要從這裡扣上之後打開開關就可以了，連結的時候可能會有點刺痛或酥麻，但會比沒有手指方便很多。」

邊說邊動作，諾瑪裝好義肢，旋緊螺絲，迅速拔去艾斯艾爾身上的麻醉長針，詭異痛癢刺激自指尖傳上艾斯艾爾全身，他不自覺發出幾聲呻吟，逗得諾瑪輕笑出聲。

「哈哈哈，沒關係，這很正常，一開始都會不習慣，但之後就會越來越熟練，你試著動動看。」

「……其他人在哪裡？」新的手指頭笨重的不得了，艾斯艾爾試著重複彎曲伸直，仍有些不受控制，他左顧右盼，沒有見到其他冒險者，想要撐起身子到外頭走走，但諾瑪猛然伸手，金屬義肢將他壓在躺椅上，動彈不得。

「別想要亂跑，身體還沒完全好，等等又更嚴重。」

「不，我得確認其他……」

「波里克一夥走了喔。」

「什麼……」

「先別激動。」相較於雙目圓睜的艾斯艾爾，諾瑪從容不迫回應，繞過小桌，跨坐上艾斯艾爾雙腿，傾身向前，但身體仍與他保持一定距離，「我慢慢跟你討論這件事該怎麼解決。」

「妳……！」帶著香氣的鼻息吹拂艾斯艾爾側臉，逼得他別過臉去，試圖不讓疲弱身軀受眼前女人擺布，可惜徒勞無功，不僅腹部的傷口隱隱作痛，腦袋也無法和平時一般快速運轉，尋找逃離此處的辦法。

「身體比剛剛還燙喔，是不是臉紅了啊？也是，保安官全年無休，也沒什麼機會好好釋放壓力對吧？」諾瑪的手指輕柔滑過艾斯艾爾胸膛與下腹，有意無意撥弄。

「妳到底……想幹什麼！」

「大家都是成年人了，想幹什麼就幹什麼啊——」

艾斯艾爾在椅上不斷扭動，諾瑪比想像中還重上許多，雙腿與雙臂的冰冷觸感滲進他出汗的皮膚，只見她一手繞過他的後頸，另一隻手則四處游移，不知在找些什麼。

「如果妳想趁機戲弄我的話，妳最好知道我是甜蜜酒鎮的保安官，妳最好不要輕舉……」

「啊，好害羞！那保安官大人想對人家怎樣呢？」

「妳最好想清楚自己該說什麼話和做什麼事，」艾斯艾爾拉高音量，這點程度的喝斥他還做得到，「別想要犯罪之後從……」

「真是不解風情，我還以為會有什麼更有趣的反應，難怪大家都不喜歡你，」諾瑪微微蹙眉，輕推了艾斯艾爾一下，打斷他的語句，從身後褲袋掏出兩張羊皮紙，上頭全寫滿了墨水字跡，「不鬧了，來，這是藍琥珀酒吧的所有權狀，以及南方之心兵業的經營權。」

「妳怎麼會有這些東西？」

「一張是贏來的，一張是恩索夫給我的，但這不是重點。」頓了頓，諾瑪快速自艾斯艾爾雙腿躍下，單手插腰，「你應該會想要先了解波里克他們的狀況。」

收斂怒容，艾斯艾爾點點頭示意對方繼續，諾瑪則露出和方才截然不同的嚴肅神情，「波里克死了超過一半的人手，你應該記得阿毛吧？戴獸頭的五兄弟就只有他因為分派到看管你的任務，比較慢進入戰場，所以僥倖活了下來，還有，整座城鎮的冒險者原本粗估六七百人，活下來的大概只剩兩百人，這個數字是包含重傷者在內，我也不確定他們能否撐過今天。」

「看起來冒險者們贏了，實際上卻是兩敗俱傷嗎……」艾斯艾爾暗忖，等待諾瑪繼續說下去。

「所以波里克他們拿了恩索夫一半的採礦工具，決定先行離開，剩下一半則是現在我們要處理的問題。」

「拿了一半……等等。什麼問題？」

「還記得波里克稍早在廣場上跟你說過，要你將所有過錯推給他們這件事吧？」或許體諒艾斯艾爾身體仍感不適，諾瑪左右手各持一張契約，攤在他的面前，「所以，之後重新辦理的招募大會全權交給你負責，而這次就當作是波里克一夥聚眾鬧事，而你勢單力薄無法處理，而他們與護衛軍戰鬥後便逃亡在外這樣。」

「不，」即便腦袋轉速緩慢，艾斯艾爾還是覺得哪裡怪怪的，「這樣對波里克有好處嗎？」

「當然有，留在鎮上的幾乎都是些重傷無法工作或喪失求生意志的人了，活下來的兩百人波里克帶走了將近七成，擴展人手前去採礦對他來說當然是件好事，同時也能幫你減輕一些來自上頭的壓力或懲處，算是做個人情給你。」

殺害王城貴族是重罪，與護衛軍為敵更是罪該萬死，雖然最後如何懲處還是端看上頭決定，但是這的確是現階段對彼此都有所助益的方法，只不過照這個情勢看來，自己應該也無法不照這劇本走下去——

艾斯艾爾心裡想著，和諾瑪四目相交，「但是……問題應該還沒解決。」

「沒錯，」將兩張契約摺好，塞進艾斯艾爾外衣後，諾瑪挑了挑眉毛，「還有恩索夫。」

「他還好嗎……」莫名油然而生的罪惡感逼得艾斯艾爾打住語句，他明白蒂蕊的死並非全然是自己的過錯，但使命感與性格造成的雙重壓力之下，艾斯艾爾還是不知該從哪裡開始談論這件事情。

「他搭了個小帳棚，就在廣場正中央，你站起來的話應該可以看得見。」

「是要……？」

「修補蒂蕊的身體。」

「……」

「縫合整理之類的，我剛剛去看了他，除了蒂蕊，還有一個非常漂亮的女人也躺在棺木裡面，我不確定是誰，但我猜應該是蒂蕊的媽媽。」壓低音量的諾瑪似乎不想讓其他人聽見，雙眼不知聚焦何處，神情有些許落寞，「他承受了一些比我們想像中還多的東西。」

艾斯艾爾沒有回話，諾瑪抿起嘴，緩緩步回小桌旁整裡機具器械，良久才又再度開口，「當然，雖然我希望你能放過他，最後的決定權還是在你，要逮捕他，或是放他走，這是保安官的職責。」

「所以妳剛剛才會……那妳呢？」

「放心，你抓不到我的，」眨眨眼，自信笑容掛在諾瑪的嘴邊，「我會留下來看到最後。」

「那還真是勞煩妳了啊，但我可以接受。」忽然出現的嗓音嚇了兩人一跳，滿頭灰白的男人扶著曾是門柱的磚牆出現在辦公室門口，神情疲憊，渾身污血仍未清理乾淨。

「嗨，兩位。」

「恩索夫……！」

「我們來把事情結束吧！我不喜歡這種懸而未決的感覺。」同樣虛弱的恩索夫衝著艾斯艾爾露齒而笑，可是完全感受不到喜悅的成分，就只是形式上的禮貌應對。

「怎麼解決？」多使了些力氣，艾斯艾爾才踉蹌從躺椅上爬起，頭昏眼花，左手沉的要命，隨時都有癱軟在地、失去意識的可能。

「既然這整件事情是因槍輪這個博奕遊戲而起，那我們也用槍輪來完結吧。」

「……槍輪啊。」

「你覺得如何？」

「好吧。」艾斯艾爾有些勉為其難，但仍挪動不甚俐落的機械手臂。

唰唰唰唰，框啷噹噹，桌面上的雜物下一秒全掃落地面，無所顧忌。

恩索夫和艾斯艾爾面對面，各站在小桌一邊，進入嚴肅的備戰狀態，諾瑪向後退了幾步，差點撞倒一整排照明用火燒岩，令人捉摸不定的她沒辦法擔任荷官，頂多只是觀眾。

「還記得槍輪的規則嗎？」揚起音調，有那麼短暫一刻，恩索夫似乎又變回了原本從容自恃的樣態，掛起令人捉摸不定的面具。

「不，我根本就沒有參與你們一開始的賭局。」維持一貫冷酷，艾斯艾爾同樣回歸工作時的狀況，表情嚴肅，雙眼低垂。

最後的對決，兩人都努力打起精神，想要全力以赴。

和平時不同，恩索夫盡量不去考量過去和未來，他試著單純享受賭博帶來的刺激、焦慮以及興奮，自從蒂蕊跟著一起旅行之後，恩索夫便已經很久沒有嘗過這樣的滋味，除了想找回自己失去的東西，也是對艾斯艾爾的尊重，畢竟對方同樣損失慘重，某種層面看來，他們是相似之人，同時也是倔強之人。

「沒有參與？沒有參與還能在我一開槍就立刻中止賭局？」

「因為你們是罪犯，我是保安官。」

「好吧，你高興就好，」恩索夫咧嘴，透出混雜多種情緒的歪曲邪笑，眼珠子黯淡無光，「這次一樣是槍輪，不過我想要簡單直接一點，所以我講個適合我們的規則好了。」

「嗯。」

面對冷靜沉穩且話語不多的艾斯艾爾，恩索夫並不感氣餒，從髒斗篷下掏出兩把短槍，一左一右擺在小桌之上，槍口朝著殘破磚瓦牆面。接著抓出一整把子彈，豪邁撒上桌面。

無數彈跳滾動的子彈掉落地面，發出哐啷哐啷的碰撞滾地聲，甚至有幾顆落進照明用火燒岩，爆炸後四處亂射。恩索夫並不甚在意，攤開雙臂，臉頰肌肉牽動嘴角，「按照原先的規則，參加者兩人，應該要有三把槍，但我想兩把就足夠了，節省時間，增加我們分出勝負的機率。」

「分出勝負之後，應該會有相應的代價吧？」

「當然，如果我輸了，我應該會死吧，你也可以順理成章地將我的屍體上呈給……給法庭跟法官？還是王城派來的人那邊？隨便，反正你會得到戴罪立功的機會。反過來，你死了，我就可以拍拍屁股離開這裡了。」

「所以是以死亡為賭注的博奕遊戲？」艾斯艾爾說道，語氣裡確認規則的成分遠遠大於遲疑。

「這樣的賭注會太大嗎？」恩索夫反問。

「……不會。你的雙腳踏進日落之處時，應該就已經做好所有最壞的打算了。」

兩人首次相視而笑，恩索夫伸出手指著桌上槍械，繼續解釋規則：「每把槍可以裝填五發子彈，因此如果全部裝滿會有十發，我現在不知道桌上兩把槍裡面各有多少子彈，可能三發跟四發，也有可能是五發跟一發也沒有，無論出現哪個低於五的數字，都是正常的。」

「那等一下有機會確認彈巢裡有多少子彈嗎？」

「當然，不過我們只會看到其中一把槍的內容物。」

面對艾斯艾爾疑惑的面容，恩索夫舔了舔乾裂唇面，「我們等一下各自選一把槍，然後打開彈巢，三個動作選擇一個做——分別是拿出子彈、不動作、以及裝填子彈。」

「有限制拿取的子彈數量嗎？」艾斯艾爾低聲問道。

「沒有。」

「所以……有可能槍裡面全是子彈，也有可能空空如也。」

「的確是這樣沒錯，但是呢，我們完成這個動作之後，必須將手槍交給對方，讓對方朝著自己射擊，接著再交換——」

「也就是說，如果把五發子彈都填滿的話，馬上就會被自己裝進去的子彈給射中。」打斷恩索夫的解釋，艾斯艾爾已大致明白遊戲規則，是個過與不及都無法獲勝的遊戲，除此之外，運氣也占了很大的比重。

「沒錯，所以裝填幾發會是重點，決定我們是死是活的重點。」

「那射擊時是對著身體的哪個部位？除了你或我其中一人死去之外，有其他結束遊戲的方法嗎？」

「保安官大人真是細心，有注意到這些問題。」恩索夫保持著虛偽笑容，舉起左手，接著指向自己額頭，「第一次射擊的瞄準部位是非慣用手，因為慣用手要持槍，受傷會很不方便；第二次是軀幹，但是不能瞄準心臟和肝臟，這兩個器官比其他的還重要一些，所以禁止；最後一次，則是這裡，鏘鏘，我們的腦袋瓜。」

「那三次之後……？」

「照理說，很少有玩家撐到第三輪之後，要是有的話，遊戲到此結束，兩方都撿回一條命。」

「了解。」艾斯艾爾簡短回應。

「那就開始吧！」

恩索夫語畢，和艾斯艾爾同時伸出手，各選了其中一把短槍，退出彈巢，確認裡頭有幾顆子彈。

率先動作，恩索夫自桌面上隨機挑了三顆子彈，塞入槍中，迅速扣回後上膛，艾斯艾爾則多花了些時間考慮，最終選擇放入兩顆子彈。

兩人再度相視，將槍械交入對方掌中，沒有猶疑。

「你先開始吧！畢竟是我提議以這遊戲平息紛爭的。」恩索夫開口，將自己的左手平放桌面，艾斯艾爾也將裝了機械義肢的左手放上，五指開展。

沒多說什麼，槍械喀喀幾聲，艾斯艾爾對著恩索夫手掌就是一槍。

赤紅光束燒爛的恩索夫的手臂，鑿出深層凹洞，霎時血液流滿桌面，染濕其他散落的子彈，恩索夫痛得吼出聲來，淚水自眼角竄流而出，但他右手沒停下，槍械對著艾斯艾爾的左手背擊發。

彈巢轉了一格，沒有任何紅光迸發。

那格沒有子彈。

「真是幸運。」強忍疼痛，恩索夫阻止急忙走向前來的諾瑪，隨便扯了塊桌角破布纏繞緊壓傷口，阻止血液繼續張狂流洩，「來吧，交換。」

換回第一次選擇的手槍後，恩索夫和艾斯艾爾皆壓下擊錘，再次上膛，槍口黑洞洞對著彼此胸腹。

「那這次，輪到你先，以示公平。」艾斯艾爾緩緩說道，鼻翼微微抽動。

「沒錯，這樣比較公平……不過，這次你應該沒有那麼幸運。」搶在艾斯艾爾之前，恩索夫的槍枝閃耀火花，火焰直直噴進艾斯艾爾腹中，而艾斯艾爾的短槍僅發出故障似的零件碰撞聲，毫無反應。

「看來真的是這樣。」同樣找了塊布摀住傷口，艾斯艾爾咬牙撐著身體，交出短槍，彼此再度交換手槍。

「那接下來，應該就是最後一輪了。」

「應該是。」

「對了，還有一個遊戲結束的方法剛剛忘記說。」似乎想到了什麼事，恩索夫忽然稍微拉高音量，槍在空中晃啊晃的。

「什麼方法？」艾斯艾爾反問，抬起雙眼。

「那就是如果最後對準額頭，兩人都中彈的話，就算平手，無論死活。」

不急著反駁，看了看恩索夫和自己的傷勢後，艾斯艾爾皺起眉頭，「這樣的子彈威力，很難不死吧？」

「總是有例外，不是嗎？就像身為保安官的你自詡有辦法打造永遠沒有罪犯的甜蜜酒鎮……」

「我可沒這麼說。」艾斯艾爾低聲回道，扳下擊錘，對準恩索夫眉心，而恩索夫依舊冷笑不止。

「人的行為舉止，會自然而然表明一切。」

「少在那邊廢話了，快開始吧！」

「那麼快就要進下一輪了？說不定現在是我們能見到彼此的最後一刻。」

「有可能，也有可能會一起在下頭見面。」

「我都不知道你相信地獄。」

「我相信所有人，都有該去的地方。」

「那我應該只能下地獄了。」

啞笑出聲，恩索夫的槍口伸出，手臂微微顫抖，與艾斯艾爾的右臂相互交錯，槍口觸感冰冷，漫著濃厚的火藥臭味。

「我們倒數三秒吧！」

三秒之後，兩人同時扣下扳機。

沒有閉眼。

第十二章 勝利者

如果死亡代表一切的終結，那活著至今所做的所有努力是有意義的嗎？

即便多次面臨生死關頭，艾斯艾爾從來未曾仔細思考這樣的問題，因為他總是獲勝，他明白自己的職責所在，明瞭自己能透過各種方式扭轉劣勢，打擊邪惡與喪心病狂。

可是，如果真正喪心病狂的是自己呢？

艾斯艾爾沒時間多想，腹部的傷口流淌濃濃污血，沾濕腰際和長褲，必須趕快結束這一些紛紛擾擾，而且對方善於博奕遊戲，或許早就在槍械上動了手腳，第一次射擊時受的傷也只是為了取信於其他人，掩飾作弊的事實。

也許一開始根本不該答應恩索夫的提議，玩起這樣賭命的遊戲，雖然艾斯艾爾顧慮到自己的身體狀況，直覺認為這不僅是最簡便的方法，還能不失風度地將恩索夫緝捕到案，但他卻直到最後關頭才意識到自己過於自負，沒想過萬一落敗者是自己，後續該怎麼解決。

站在一旁觀看的諾瑪面露憂色，雙手環抱胸前，艾斯艾爾知道她很有可能出手相救，救助眼神黯淡卻淺淺微笑的恩索夫，稍早為了請求艾斯艾爾放過恩索夫，諾瑪甚至打算以美色誘惑——

「總是有例外，不是嗎？就像身為保安官的你自詡有辦法打造永遠沒有罪犯的甜蜜酒鎮……」

「我可沒這麼說。」恩索夫打斷了艾斯艾爾的思緒，艾斯艾爾深深吸了口氣集中精神，扣押擊錘，將槍口架在恩索夫的雙眉之間。

「人的行為舉止，會自然而然表明一切。」

「少在那邊廢話了，快開始吧！」盡量不再胡思亂想，艾斯艾爾出聲催促，同時在腦中嘗試說服自己，如果終究一死，那也是命運使然，自己無愧於心便是。

「那麼快就要進下一輪了？說不定現在是我們能見到彼此的最後一刻。」

「有可能，也有可能會一起在下頭見面。」

「我都不知道你相信地獄。」出聲調笑，汗液自恩索夫額角滑落，艾斯艾爾發現對方仍會緊張，面具的裂痕，面臨真正死亡前的本能恐懼。

「我相信所有人，都有該去的地方。」

「那我應該只能下地獄了。」

啞然失笑，恩索夫的手臂微微顫抖，和艾斯艾爾套著外衣的臂膀構成一個大叉，上膛，子彈擊發後的餘溫仍殘留在槍口處，但艾斯艾爾感受到更多的冰冷，足以帶走溫熱靈魂的冰冷。

「我們倒數三秒吧！」

他們直勾勾盯著對方，在心中默數三秒。

三。

「現在手中的槍是對方填裝的，」生死交關，艾斯艾爾仍忍不住迅速轉動腦袋，「恩索夫方才裝進三顆子彈，扣除已擊出的第一發與第二回的空彈巢，這次扣下扳機後會射出子彈的機率是……」

二。

「不對，這樣想是錯的，因為彼此交換過槍枝，所以雖然自己和恩索夫各中了一彈，但實際上都是同一把槍所擊發的，也就是恩索夫裝入三發子彈的那把，因此如果一開始槍械內沒有子彈，那最低最低就只有五分之一的機會能夠在恩索夫的腦袋瓜上開洞……」

一。

「而恩索夫手中所握的槍，子彈是由我親自填裝的，雖然一開始只裝入兩發，但是彈倉中原本便有一顆子彈，而且剛剛兩次射擊皆是空發，五減二等於三，也就是說，這次絕對會是……」

轟。

巨響轟然，劇痛自眉心灌進腦袋深處，巨大的衝擊力與下意識抗拒導致艾斯艾爾整個人向後摔去，後腦與背部重重砸在滿布污漬的地磚上，他的眼角餘光瞥見恩索夫同樣仰倒，而諾瑪邁開步伐，快步衝來，撞倒成堆照明用火燒岩。

灰黑自眼眶周遭朝中心迅速蔓延，像沙子一般層層堆疊覆蓋，他知道聽覺總是在死亡到臨的最後才會完全喪失，因此艾斯艾爾可以聽見辦公室內的一舉一動，汗液淚水滴落聲、驚慌失措的呼喊聲、小桌子彈落地聲、照明用火燒岩燃燒逼啵聲、大口喘氣聲、以及——

「我還活著！」驚懼彈坐而起，艾斯艾爾不由自主伸手撫摸額頭的中彈處，一整片紅腫突起，刺痛不已，而對面的恩索夫也在諾瑪的攙扶下坐起，大片裂傷自左側額角延伸至頭頂，鮮血直流。

「恭喜你啊保安官，很幸運。」仍掛著陰鬱笑容的恩索夫開口，任憑身旁的諾瑪慌張處理傷口，彷彿全然不感疼痛。

「怎麼會……」

「你那把槍，是我一開始填裝的吧？我裝了三發子彈，射擊了兩發，也就是說槍裡頭至少還會有一發以上。你覺得原本彈倉裡面有幾顆子彈？」

「我不知道。」艾斯艾爾沒有心思與氣力仔細思考，果斷答腔。

「答案是零發，那一把是沒有子彈的槍。」

「可是……這說不通，難不成你一開始就打算將自己暴露在死亡的風險之中？」

「並不全然是這樣，我也想要獲勝，不過完全因為幸運而取勝就太不公平了不是嗎？面對其他人或許我就不會裝子彈進去吧！這是我對你小小表示敬意的方式。還有……」恩索夫手指自己額心，朝艾斯艾爾抬了抬下巴，接著撿起落到地上的槍，上膛，「保安官，你還記得你一開始裝了幾發嗎？」

「二。」

「所以我說你很幸運。」恩索夫邊說邊舉槍對空射擊，接連兩道火光閃耀，消失在夜空之中。

「可是我卻沒死，也就是說，射擊我的槍內的子彈……我的那一發，是空包彈？」一直到語句滑出嘴角，艾斯艾爾才終於產生了自己差點命喪槍下的現實感，瞬間汗水淋漓，心臟撲通撲通地衝撞胸腔。

他大口喘著氣，張嘴繼續問道，「這也是這場博奕遊戲的一部分嗎？關於原本的子彈是空包彈這件事。」

「雖說是空包彈，但這種東西說不準，一不小心還是會受重傷的……或許吧，我也不確定。」恩索夫避重就輕解釋，不理會準備剃去他傷口周遭毛髮的諾瑪，雙眼跟隨艾斯艾爾更換紗布的雙手來來回回。

「你也……不確定？」

「是這樣沒錯，我其實不知道那發是空包彈，似乎是和黑林格爾交戰時，沒注意到，不小心填入的。」恩索夫快速甩動沒受傷的右手手掌，露出上排牙齒，「因此我說你是幸運的一方，額頭中的是空包彈，而且彈身應該多少有受損，沒有什麼威力。」

「可是被實彈射中的你卻還活著……」

「因為我倒數秒數算得比較快。」恩索夫再度笑出聲，艾斯艾爾這時才注意到眼前這年輕小夥子的虎牙又尖又利，像頭狡猾的狼，「我比你快了一些些開槍，所以你發射時，你的手臂已經偏移掉了。」

「你……」

「這可不算出老千。規則裡沒提到，需要倒數多久才扣動扳機吧？」

「所以，你是真的打算殺了我對吧？」面對恩索夫的辯解，被欺騙的感受自艾斯艾爾胸中升起，他們的確沒有約定倒數秒數，純粹憑藉彼此默契與一直以來的習慣來運行這個遊戲。雖然恩索夫沒有說錯，但艾斯艾爾仍有種難以解釋的不悅，就像第一次見面時恩索夫不斷拋出尖銳疑問時的情境一樣，令人火大難耐。

「我只是照著遊戲規則，做出最有利的反應罷了。所以這次，應該算是平手吧？」

「按照規則上的說明確實是這樣沒有錯……」

「那就這樣定了吧！我們都還活著，可喜可賀。」恩索夫說道，微微一笑，「還是你想再比一場？」

「不了。」

「明智的決定。」恩索夫苦笑，鼻翼抽動，「保安官。」

「嗯？」

「人如果死了，就什麼也沒法完成了。即便抱持再高的理想，死了就結束了，所以這樣是最好的結果。最好不要輸，如果不小心輸了，也不能死。」

「還以為你天不怕地不怕。」艾斯艾爾挖苦道，小心翼翼不弄疼自己身上的傷。

「我是不怎麼怕啊！只不過還有人在等著我，我是她們最後的希望。」

艾斯艾爾嘆了口氣，緩緩開口，「雖然我很不願意，但你還是走吧。最好一輩子別再踏進甜蜜酒鎮。」

「前半段同意，後半段考慮。」恩索夫蹣跚撐起身體，吃力伸展臂膀，「有空還是找個人把法律條文給寫出來刻在石碑上吧！無緣無故被棍子打可是很難受的，保安官大人。」

「閉嘴，東西收一收快滾吧！」

恩索夫笑出聲，稍微架開滿臉擔憂的諾瑪，一跛一跛離開徒剩斷垣殘壁的保安官辦公室，艾斯艾爾則碰碰幾聲癱回冰冷地磚，一手摀著傷口止血，一手擦去滿臉汗水，仰望滿天星空。

艾斯艾爾情不自禁低笑，緊繃肌肉延展放鬆，閉上雙眼。

最終章　後日

額頭的瘀青過了好幾日才漸漸消退，腹部與手部的傷口更久，等到艾斯艾爾全身上下或大或小的傷勢完全康復，已過了整整一個半月。

鑲上機械義肢的左手掌有時仍會隱隱作痛，偶發性的故障大多是艾斯艾爾自己想辦法修理，諾瑪當初有稍微教過他，要是真不得已，無法處理，他會委託鎮上鐵匠的兒子——一個月前剛從機械之城戴普凡緹結束學業，暫時回故鄉休息一陣的年輕小夥子，他在那裡待了許多年，多少學了點關於義肢維修的技術。但艾斯艾爾仍不喜歡麻煩別人，獨來獨往是他的天性。

而在鎮長死亡、艾斯艾爾因養傷而無法徹夜四處巡視城鎮的期間，甜蜜酒鎮的犯罪率出乎意料不增反降，似乎是居民們終於意識到背影龐大的城鎮守護者也會有倒下的一天，自發性組成巡守隊，掄起棍棒，排好班表，確保罪犯不敢明目張膽的惹事生非。

他有時候會想，過去這樣固執強硬，死命堅守崗位，什麼事都自己處理，也從不放心其他人幫助的個性，拜這次傷重所賜，被消磨了好一大半，偶爾刻意的放任，甚至會意外得比平時來得好一些。

就算處理事情時睜一隻眼閉一隻眼和他的信念有些許相悖，似乎對這個城鎮的一切都更好一些，至於恩索夫臨走前說的法條，雖然還沒找到能編纂法條的人，不過納入待辦事項裡頭，有條文依循的確會減少更多不必要的紛爭。

除此之外，還有其他人留了下來。

「想要吃點東西嗎？」

夕陽即將落入山的另一側，巨大月亮早迫不及待掛上天邊，墓園是慘烈戰鬥結束後重新劃設的，還在甜蜜酒鎮的西南方，一半分給護衛軍，一半留給冒險者，還多圍了一些土地，以供之後有需要的居民使用。

頂著野豬頭阿毛跪在墓碑群裡，雙耳低垂，長吻唸唸有詞，不似平時遠遠就聽聞腳步、嗅見氣味那般機警，艾斯艾爾放慢步伐，取出袋中雞腿棒，張嘴先咬了一口。

「阿毛？」

「保安官！你怎麼可以偷吃！」低頭的阿毛終於驚覺艾斯艾爾隱聲靠近，動作誇張高高躍起，作勢上前搶走艾斯艾爾手中的雞腿肉。

「我可沒有。」笑著回嘴，艾斯艾爾虛晃了幾招，將肉藏在身後。

「但是你沒有先跟我說！你每次都偷偷跑來！」

「這樣不好嗎？這裡是我管的城鎮，我想去哪就去哪。」艾斯艾爾邊說邊將手中提袋扔向阿毛，阿毛伸掌接住，迫不及待打開，一共五隻燻烤腿棒，味道又香又濃。「來，跟你的兄弟分了吧！」

「收到！」

迅速轉身將每隻腿棒擺在墓碑之前，每個墓碑阿毛都精心設計過，俐落簡潔的、掛滿枯黃乾草的、撒上純白結晶的、以及像團抹布般布條纏繞糾結的，全都掛著不同動物頭的帽子，分別代表他那些個性鮮明、來自北方丘陵的兄弟們。

因為阿毛不想和他們分開，因此決定不再流浪，每日工作結束後便撥空到墓園陪他們聊天，艾斯艾爾也因此養成傍晚散步的習慣，有好幾次遠遠就見著阿毛伏地嚎啕大哭、半嗚半吠，他總會稍微迴避，等到阿毛情緒穩定再湊上前去，說些無關緊要的話稀釋悲傷。

「他們今天有和你聊天嗎？」

「沒有……但是之後，有一天一定會，他們一定會我跟說些什麼，他們就是這樣，愛鬧著玩……」

「嗯嗯，沒關係。」

好像是他們一族彼此之間的信仰吧，相信已逝的同伴會透過某種方式和活著的人相互聯繫，只要長時間陪伴在墓園旁，終有一天能像往常一樣自如的溝通對話。

艾斯艾爾並不相信這套說詞，但阿毛在他負傷休養時，幫忙處理了諸多雜務，不僅如此，教導巡守隊員防身術以及巡邏要點等繁瑣事項，同樣全是由他負責。因此艾斯艾爾半推半就，不強迫阿毛配合自己步調，也不太干涉他的自由。

「等等回辦公室？」

「好。」

迅速嗑完手中腿棒，阿毛抓起了地上的其餘四隻大口撕扯，「他們也吃不到，不能浪費食物。」阿毛如此聲稱，艾斯艾爾不想多計較，看著阿毛一天比一天肥碩起來。

這季節日頭落得快，天色一黑，月亮轉瞬便爬上夜幕，艾斯艾爾和阿毛比肩回到鎮上，繞過廣場與重新整建中的保安官辦公室，踏入酒鄉街，推開藍琥珀酒吧的木製柵門。

在保安官辦公室重建完畢之前，藍琥珀酒吧成了他們暫時的據點。

「今天比較早啊保安官大人！吃過晚餐了嗎？」

「吃過了……」

「但我還是很餓！」急切回應老闆，阿毛跳上吧台旁的高腳椅，興奮吐著舌，口水滴滿桌面，老闆笑著端出剛烤好的野牛肉排，俐落擺在他的面前。

酒吧內部全都重新翻修過，木桌與家具、甚至連天花板的華麗大吊燈都是新的，時間還早，加上冒險者們全都前往更西方開採火燒岩礦石了，因此沒什麼客人，適合談天，適合消磨一整個晚上。

「阿毛你吃慢一點！」和平時一樣厲聲喝斥阿毛之後，老闆扭過頭來，「保安官大人想要喝點什麼嗎？」

「我不……」

「別問了，他不喝酒。」

語句再次遭打斷，不過這次是柔美女聲，眾人聞聲轉頭，高挑女子立在吧台另一側，動作稍嫌不自然的攪動玻璃杯中冰塊，一頭長髮流洩身後，燈光下燁燁閃動。

「妳還沒打算走啊？」艾斯艾爾沒好氣應答，噗哧一聲坐上高椅。

「這間店可是我的，我想待多久就待多久。」

「嚴格說起來，妳應該要把那張契約交給我才……」

「總之這間店是我的，」杯盤碰撞，只見諾瑪將鋼杯高高舉起，迅速搖動了好幾下後扭開杯蓋，將裡頭褐色液體咕嚕咕嚕倒入玻璃杯中，接著在杯緣插上新鮮檸檬片。「還有，之後要補辦的採礦團招募大會，也是由我全權負責，別忘記了。」

「妳高興就好。」接過諾瑪遞過來的飲料，艾斯艾爾癟了癟嘴，探出鼻尖稍稍嗅聞。

諾瑪當時沒有跟著恩索夫一起離開，倒是令艾斯艾爾深感訝異，最後一場槍輪結束的當天晚上，恩索夫簡單包紮後便收束好包括帳篷在內的所有物品，連同兩個棺木，一口氣全綁回巨犀牛身上，接著搖搖晃晃攀上犀牛背，獨自一人離開城鎮。

艾斯艾爾在最後時刻偷聽見了他們對話，恩索夫拒絕了諾瑪，打算自己一個前往礦區，尋找能使心愛之人起死回生的神祕礦石，他說他習慣單獨行動，事成之後再回來佔領這座城鎮，取代艾斯艾爾，建立自由繁榮的新甜蜜酒鎮。

雖然之後諾瑪始終否認他們之間有這段對話，每次都掛上虛假笑容，說自己是為了重新舉辦招募大會等種種原因而抽不開身，自願留下。

艾斯艾爾知道她在說謊，但不打算戳破她如此容易識破的牽強謊言，實屬難得，或許恩索夫曾觸動過她內心深處的某些區塊，讓她決定留下，艾斯艾爾不清楚詳細，但他多少知道諾瑪在藉故等待著什麼。

「沒有偷偷摻毒！如果要陷害你，我早就下手了。」

「是嗎？」艾斯艾爾挑眉，露出不信任的神情，一旁的阿毛仍狼吞虎嚥，吧渣吧渣用力咀嚼。

「如果你想要，我也是可以現在幫你……」

「對了，今天有快訊，瑪琳車站那邊的礦區好像發生爆炸還什麼的，我沒仔細看。」老闆中斷兩人無意義的鬥嘴，繞過吧台，拾起桌上一小份印滿油墨的厚紙，朗唸而出，「採礦團遇襲，王城護衛隊多名兵士受傷，根據目前掌握消息指出，是以波里克為首的通緝犯率眾所為，各礦區皆有災情傳出，似乎是採取多點同時發動攻擊的策略……」

「波里克大哥！」

「我就知道……」艾斯艾爾嘆了口氣，將杯中液體一飲而盡，諾瑪則移動身子走向前去，接過老闆手中報紙。

「這樣也好，正好加強他們的壞印象，大家會更相信他們襲擊甜蜜酒鎮，導致來到這裡的王城貴族和護衛軍死傷慘重這件事。」諾瑪開口說道。

「嗯。」艾斯艾爾遞出酒杯，將話接了下去，「波里克這樣鬧下去，我也不確定上頭何時會派人來處理這件事。」

「你應該早就習慣了吧？日落之處就是這樣，地方大，動亂多，人手又一直都不足。」諾瑪補充，將擦乾的杯子擺回架上。

「時間拖得越久，保安官大人應該也越不會被究責？」

「我也不確定。」面對老闆的疑問，艾斯艾爾苦笑出聲，離開高腳椅，大步往門口處邁去，「我先去巡邏了，夜晚還長著很，對吧？」

「注意安全嘿！」

「我也要去！」

「來，走囉。」

「掰啦。」

（全書完）

釀奇幻44　PG2401

恩索夫

作　　者	Chazel
責任編輯	石書豪
圖文排版	陳怡蕙
封面設計	蔡瑋筠

出版策劃	釀出版
製作發行	秀威資訊科技股份有限公司 114 台北市內湖區瑞光路76巷65號1樓 電話：+886-2-2796-3638　傳真：+886-2-2796-1377 服務信箱：service@showwe.com.tw http://www.showwe.com.tw
郵政劃撥	19563868　戶名：秀威資訊科技股份有限公司
展售門市	國家書店【松江門市】 104 台北市中山區松江路209號1樓 電話：+886-2-2518-0207　傳真：+886-2-2518-0778
網路訂購	秀威網路書店：https://store.showwe.tw 國家網路書店：https://www.govbooks.com.tw
法律顧問	毛國樑　律師
總 經 銷	聯合發行股份有限公司 231新北市新店區寶橋路235巷6弄6號4F 電話：+886-2-2917-8022　傳真：+886-2-2915-6275

出版日期	2020年5月　BOD一版
定　　價	230元

Printed in Taiwan

國家圖書館出版品預行編目

恩索夫 / Chazel著. -- 初版. -- 臺北市 : 釀出版, 2020.05

面 ; 公分. -- (釀奇幻 ; 44)

BOD版

ISBN 978-986-445-391-7(平裝)

863.57 109004276

讀者回函卡

感謝您購買本書，為提升服務品質，請填妥以下資料，將讀者回函卡直接寄回或傳真本公司，收到您的寶貴意見後，我們會收藏記錄及檢討，謝謝！如您需要了解本公司最新出版書目、購書優惠或企劃活動，歡迎您上網查詢或下載相關資料：http:// www.showwe.com.tw

您購買的書名：＿＿＿＿＿＿＿＿＿＿＿＿＿＿＿＿＿＿

出生日期：＿＿＿＿年＿＿＿＿月＿＿＿＿日

學歷：□高中(含)以下　□大專　□研究所(含)以上

職業：□製造業　□金融業　□資訊業　□軍警　□傳播業　□自由業

□服務業　□公務員　□教職　□學生　□家管　□其它＿＿＿

購書地點：□網路書店　□實體書店　□書展　□郵購　□贈閱　□其他

您從何得知本書的消息？

□網路書店　□實體書店　□網路搜尋　□電子報　□書訊　□雜誌

□傳播媒體　□親友推薦　□網站推薦　□部落格　□其他＿＿＿＿＿

您對本書的評價：（請填代號　1.非常滿意　2.滿意　3.尚可　4.再改進）

封面設計＿＿　版面編排＿＿　內容＿＿　文／譯筆＿＿　價格＿＿

讀完書後您覺得：

□很有收穫　□有收穫　□收穫不多　□沒收穫

對我們的建議：＿＿＿＿＿＿＿＿＿＿＿＿＿＿＿＿＿＿

＿＿＿＿＿＿＿＿＿＿＿＿＿＿＿＿＿＿＿＿＿＿＿＿

＿＿＿＿＿＿＿＿＿＿＿＿＿＿＿＿＿＿＿＿＿＿＿＿

＿＿＿＿＿＿＿＿＿＿＿＿＿＿＿＿＿＿＿＿＿＿＿＿

請貼
郵票

11466
台北市內湖區瑞光路 76 巷 65 號 1 樓
秀威資訊科技股份有限公司 收
BOD 數位出版事業部

....

（請沿線對折寄回，謝謝！）

姓　　名：＿＿＿＿＿＿＿＿　年齡：＿＿＿＿　性別：□女　□男

郵遞區號：□□□□□

地　　址：＿＿＿＿＿＿＿＿＿＿＿＿＿＿＿＿

聯絡電話：(日) ＿＿＿＿＿＿＿＿ (夜) ＿＿＿＿＿＿＿＿

E-mail：＿＿＿＿＿＿＿＿＿＿＿＿＿＿＿＿